DO QUE VOCÊ PRECISA PARA SER FELIZ?

J.J. Camargo

DO QUE VOCÊ PRECISA PARA SER FELIZ?

3ª EDIÇÃO

Texto de acordo com a nova ortografia.

As crônicas deste livro foram originalmente publicadas no jornal *Zero Hora*

1ª edição: setembro de 2015
3ª edição: dezembro de 2015

Capa: Marco Cena
Preparação: Marianne Scholze
Revisão final: L&PM Editores

CIP-Brasil. Catalogação na publicação
Sindicato Nacional dos Editores de Livros, RJ

C178d

Camargo, J.J., 1946-
    Do que você precisa para ser feliz? / J.J. Camargo. – 3. ed. – Porto Alegre, RS: L&PM, 2015.
    240 p. ; 21 cm.

    ISBN 978.85.254.3291-9

    1. Crônica brasileira. I. Título.

15-25575   CDD: 869.98
                                   CDU: 821.134.3(81)-8

© J.J. Camargo, 2015

Todos os direitos desta edição reservados a L&PM Editores
Rua Comendador Coruja, 314, loja 9 – Floresta – 90.220-180
Porto Alegre – RS – Brasil / Fone: 51.3225.5777 – Fax: 51.3221.5380

PEDIDOS & DEPTO. COMERCIAL: vendas@lpm.com.br
FALE CONOSCO: info@lpm.com.br
www.lpm.com.br

Impresso no Brasil
Primavera de 2015

O grande João Guimarães Rosa (1908-1967), médico e diplomata, reconheceu que:

Cada criatura é um rascunho, a ser retocado sem cessar.

Penso que chega um momento na vida da gente, em que o único dever é lutar ferozmente, por introduzir, no topo de cada dia o máximo de "eternidade".

Eu quase que nada não sei. Mas desconfio de muita coisa.

Porque eu só preciso de pés livres, de mãos dadas, e de olhos bem abertos...

Ao Mestre Nelson Porto, uma cabeça privilegiada que gastei a vida tentando imitar e não consegui. Mas não importa. Nunca ter desistido justificou-me.

SUMÁRIO

Introdução 13

A busca 17
A serenidade 19
A largura da vida 21
Aquela foto 24
Com a ajuda de Deus 27
A verdadeira gratidão é silenciosa 29
Meu pai e o seu dia 31
Nossos julgamentos 33
Das pequenas coisas 35
Com quem contar 37
Leia pra mim! 40
Lembra do menino que fomos? 42
Das prioridades 44
O direito de ser só 46
O encanto de cada lugar 49
A iniciação 52
A descoberta 54
A grandeza dos pequenos gestos 57
A força da palavra 60
A dor do medo 63
A lágrima que nos distingue 65
As pessoas do bem 68
Das raízes 71

Irmãos para o que vier 73
O descompasso... 76
Os enlevados 78
O que era certo.. 81
O jeito de dizer.. 83
As nossas defesas... 86
O esquecimento que nos protege..................................... 88
Os que cuidam dos outros por nós................................... 91
De que são feitas as pessoas especiais.............................. 93
De como poupar tempo na TV... 95
O suicídio 97
Um tempo antes do fim... 99
Um filho especial 102
Uma praia e tanto 104
Uma reserva de afeto 106
Rota de fuga.. 108
Quanto vale um artista?... 111
Preserve seus inimigos... 113
O reencontro 116
O pacto 119
Não há como evitá-los... 121
Modelos que se renovam... 123
Com gente é diferente... 125
A tristeza e a fúria.. 127
A preservação da dignidade... 129
A dor do outro 131
A humilhação 133
A magia do primeiro contato 136
A pureza das pessoas simples 138
A solidariedade dos excluídos 141
Nossas diferenças... 143

Administração do medo 145
A sabedoria mora numa pensão 148
A pressa nossa de cada dia 151
A escolha das palavras 154
A figura do pai 157
Sobre todas as coisas 160
Fazer por fazer, melhor não! 163
A aparência que temos 166
Nunca estamos prontos para perder 168
A antecipação do sofrimento 170
Instinto materno 172
Do que você precisa para ser feliz? 175
A poesia que restou 178
A verdade incompleta e generosa 181
Os que ajudam e os outros 183
O tamanho do mundo 186
Nossas heranças 188
Verdadeira grandeza 190
Reversão de expectativas 193
O universo das versões 196
Outras caras da solidão 199
A responsabilidade diluída: uma covardia 201
Quando é sempre Natal 203
Hay Gabo para todos 205
Gratidão a fundo perdido 208
Vida com qualidade: uma conquista pessoal 210
Os significados dessa escolha 212
Mais que uma comemoração 214
A escolha dos amigos 217
O dono da palavra 220
A saudade que enternece 222

Sair de casa: pra quê? 224
Em busca de um modelo 227
Dois amigos...229
Esses nossos medos 231
Os que não conseguem morrer 233

INTRODUÇÃO

A escultura sempre foi a forma de arte que mais me encantou. Muitas vezes na vida me vi enlevado diante de uma estátua e me deslumbrei com o talento criador de algum artista que conseguiu, retirando fragmentos de um bloco amorfo de pedra, deixar como produto final uma expressão dos sentimentos humanos mais nobres.

Impossível não se comover com o olhar enternecido de sofrimento de Maria na *Pietà*, ou com o de paixão desvairada da namorada nos *Amantes*, uma obra de autor desconhecido que foi ofertada por um italiano de Siena ao Teatro Colón, em Buenos Aires, onde ocupa uma posição de destaque no Salão dos Espelhos.

Na Galleria dell'Accademia, em Florença, os turistas atravessam o corredor a passo acelerado para contemplar a estátua de Davi no fundo do passeio e, como rotina, ignoram os *Prisioneiros*, de Michelangelo, que consistem em quatro peças inacabadas que, juntas, representam o movimento de uma estátua se libertando do mármore. A sensação de que aqueles homens musculosos, com sofrimento no rosto, buscam desesperadamente libertar-se da rocha que os aprisiona sempre me pareceu mais instigante do que o olhar enigmático do Davi.

No Museu Salvador Dalí, em Barcelona, há uma estátua de um guerreiro esculpida em ferro na qual se percebe, no olhar, toda a alegria e soberba de quem venceu e voltou para os louros da conquista. Quanto talento é necessário para fazer uma barra de ferro "falar"?

Meu sentimento diante dessas genialidades repete invariavelmente o pasmo do menino reportado por Galeano num dos seus contos geniais:

O escultor trabalhava num estúdio imenso, num bairro pobre, rodeado de crianças. Todas as crianças do bairro são seus amigos. Um belo dia, a prefeitura encomendou-lhe um grande cavalo para uma praça da cidade. Um caminhão trouxe para o estúdio um bloco gigante de granito.

O escultor começou a trabalhá-lo, em cima de uma escada, a golpes de martelo e cinzel. As crianças observavam. Então, as crianças partiram de férias, rumo às montanhas ou ao mar. Quando regressaram, o escultor mostrou-lhes o cavalo terminado. E uma das crianças, com os olhos muito abertos, perguntou:

– Mas... como você sabia que dentro daquela pedra havia um cavalo?

Quando aceitei o desafio de escrever com regularidade para o jornal, pareceu-me oportunidade ímpar de contar histórias que, de alguma maneira, contribuíssem para humanizar a medicina e oferecer à profissão que deu um sentido único à minha vida uma contribuição pessoal, singela, mas determinada, de resgatar os valores básicos que a tecnologia desumanizada ameaça destroçar.

Nunca aceitei que sabendo mais do que nossos antecessores, e disso ninguém duvida, tivéssemos de ouvir, indiferentes, os pacientes mais idosos falarem com nostalgia dos médicos de antigamente.

Sem a pretensão exagerada de elucidar onde perdemos a mão e naufragamos no fascínio da tecnologia desvairada, assumi que devia, pelo menos dentro do meu limite de competência, tentar entender por que isto aconteceu.

Não sei se consegui, mas o número crescente de mensagens que recebo após cada nova crônica sugere que vale a pena perseverar.

Os jovens estudantes de Medicina que acompanho na graduação são pedras preciosas de inteligência, determinação de crescer e vontade de acertar.

As crônicas que se seguem representam o meu esforço modesto de remoção das lascas da pedra bruta que somos, na expectativa de que o resultado final seja um modelo de médico mais solidário e mais generoso.

Várias dessas crônicas discutem a necessidade de ouvir, uma tarefa tão negligenciada nas relações humanas em geral e que representa a primeira etapa de uma aproximação afetiva confiável entre o médico e seu paciente.

Ninguém é tão sábio que não tenha o que aprender, nem tão ignorante que não tenha nada para ensinar.

O médico, à semelhança do escritor, trabalha com a palavra, e a voz humana, na expressão de Galeano, "quando nasce da necessidade de dizer, não encontra quem a detenha. Se lhe negam a boca, ela fala pelas mãos, ou pelos olhos, ou pelos poros, ou por onde for. Porque todos nós temos algo a dizer aos outros, alguma palavra que mereça ser celebrada ou perdoada".

Muitas dessas crônicas relatam a rica experiência emocional de convívio com pessoas de todos os tipos, que tinham coisas para dizer – e disseram.

Vale a pena ouvi-las.

A BUSCA

A relação afetiva sólida e verdadeira é feita para durar, de preferência indefinidamente. Por isso os últimos gestos do amor nem sempre são pacíficos ou simplesmente melancólicos. Às vezes são profundamente amargos de se viver, especialmente quando a morte, na sua afoiteza indelicada, interrompe uma vida que nem cumpriu um tempo mínimo para se justificar.

A velhice empresta naturalidade à morte, e por isso se chora menos nos velórios dos muito velhos. É como se houvesse um pacto de não se lamentar demasiado o que era inevitável que acontecesse.

O protesto soluçado e a dificuldade de engolir pela dor física da perda, esses sim são ingredientes das tragédias extemporâneas, porque, além de termos que enfrentar a inaceitável estupidez da morte, ainda temos que conviver com os que ficaram para trás, consumidos de dor e abandono.

A Samanta tinha 32 anos, um sorriso lindo que quase lhe fechava os olhos azuis e um jeito inconfundível de abraçar o travesseiro quando tinha medo das notícias.

Foi internada com uma história recente de falta de ar e um passado próximo de câncer de pâncreas. Tudo o que se podia fazer tinha o desânimo assumido da paliação, limitada e frustrante. Alegria fugaz apenas no final da tarde quando o George, na inocência desprotegida de seus cinco aninhos, entrava no quarto saltitando e jogava sua mochila colorida nos pés da cama.

Comovente o esforço que ela fez para curtir o convívio até o limite da frágil percepção dele de o quanto seria trágica, para ambos, a perda que se aproximava.

Nos últimos dias, quando ela já não conseguia mais simular felicidade, o filhote foi resgatado pela avó, e a mãe definhou embaixo do cobertor, a confirmar o que é sabido: a distância da cria acelera a morte da mãe.

Duas semanas depois, encontrei o Jacques no shopping comprando mais uma versão do PlayStation e quis saber do George:

"Uma noite dessas, ele entrou no meu quarto e me surpreendeu chorando. Pela primeira vez consegui verbalizar o que tinha ocorrido: 'Nós perdemos a mamãe!'. Choramos um pouco mais e acabamos dormindo abraçados. Na manhã seguinte, enquanto preparava o café, ele apareceu na cozinha superanimado: 'Pai, já sei o que fazer. Vamos pendurar as fotos da mamãe em todas as árvores da nossa rua! Lembra como deu certo quando perdemos o Chaveco?'."

A SERENIDADE

Como a dissimulação tem cara e crachá, é sempre desagradável dar notícia ruim e, na falta da verdade, é quase impossível resgatar a credibilidade indispensável para a preservação do convívio.

Quando o Jonas internou-se, já veio com o pacote completo de informações desfavoráveis: tinha um tumor raro de pleura que ultrapassara os limites da cirurgia, pois se estendera para o abdome e provocara o acúmulo de líquido.

As possibilidades terapêuticas eram restritas, e a chance de cura nula. Uma semana depois do diagnóstico, encontrei-o pela primeira vez. Passara a fase da negação sozinho e estava em plena revolta. Nada do que se pudesse dizer faria qualquer sentido, e ficou claro que dar ouvido a sua indignação era a melhor forma de oferecer parceria e ganhar confiança.

A falta de solução favorável expõe o médico a todos os tipos de represálias: "Tenho lido o que o senhor escreve sobre os avanços da medicina. Pois fique sabendo que acho a sua profissão uma grande merda!".

Maturidade profissional nesta situação é ouvir, entendendo que este comportamento hostil faz parte da doença. Para aumentar a tolerância, não custava nada me imaginar na pele dele. Merda mesmo.

Soube que estávamos do mesmo lado da trincheira quando ele se ofereceu para participar de qualquer projeto de pesquisa com drogas novas e experimentais que estivesse em marcha no serviço de oncologia.

Como não havia o que barganhar, ele rapidamente mergulhou na depressão e passava a maior parte do tempo deitado, fitando desinteressado uma TV sem som.

Numa manhã, quando perguntei-lhe se ainda não se banhara, ele simplesmente respondeu: "Acho que as enfermeiras cuidam antes dos pacientes que têm chance de cura".

Noutro dia, fez um protesto explícito: "Sei que tenho uma *doença* terminal, mas diga ao padre que eu não sou um *paciente* terminal!".

Uma de minhas últimas lembranças dele foi o pedido candente para que o ajudasse a contar ao filho de doze anos o que estava acontecendo. Soube que o tinha conquistado quando fui convidado para ser parceiro naquela hora. Foi de doer.

Depois disso, tudo mudou. As janelas do quarto eram abertas cedo da manhã, o gotejo contínuo do analgésico era a alforria do sofrimento inútil e havia uma paz naquele ambiente que contrastava com o desfecho iminente.

Lembrei-me do Jonas lendo a biografia do Getúlio. Nela, Lira Neto conta que o então jovem deputado comandava uma tropa de soldados fajutos, recrutados entre a peonada em São Borja, com poucas armas e nenhum treinamento militar. Aquartelados na margem do Uruguai, no umbral de uma batalha feroz, comiam churrasco e mateavam, aparentemente despreocupados. Um velho oficial, picando fumo com calma e vendo-os assim, fagueiros, comentou: "Tenho pena desses jovens, que nem sabem que vão morrer!". Ao que Getúlio retrucou: "E você, homem, não vai morrer?". "Eu vou, mas *eu sei!*"

Era dessa serenidade que falávamos. De onde ela vem? Não tenho a menor ideia.

A LARGURA DA VIDA

Estabelecido que a nossa chance de longevidade depende de como vivemos e, em muito, do que comemos, deparamos com uma ciranda de culpados num infindável revezamento. Assim, o pobre ovo já foi considerado o execrável fomentador do infarto, anos depois transferido para uma prisão-albergue e, há pouco, completamente inocentado. Agora, a gema já pode escorrer outra vez entre os grãos de arroz sem sentimento de culpa. Mas a controvérsia não termina por aí. As demonstrações consideradas inequívocas do dano provocado pela carne vermelha, por exemplo, nunca explicaram por que a incidência de coronariopatias não é maior na Argentina, o país com o mais alto índice de consumo de churrasco por milhão de habitantes do planeta.

No colesterol, todo mundo bateu muito – ele só não foi acusado de formação de quadrilha. Depois, houve certo constrangimento entre os médicos que impunham restrições e os pacientes que abdicavam de muitos prazeres da gula para manter o colesterol abaixo de 200 mg/dl, quando se descobriu que os esquimós, com dieta riquíssima em gordura animal, desfilam frajolas com um índice médio de 1.000 mg/dl. A propósito, ficou claro que colesterol alto, desacompanhado de estresse, é quase inofensivo. Como parecia impensável um esquimó estressado olhando a monotonia daquelas geleiras, tudo se explicava.

Nos anos 70, ainda se fumava nos hospitais. O seu Osório, internado na velha enfermaria 29, piorava a cada dia e, apesar da insistente recomendação médica, não conseguia parar de fumar. O estagiário responsável por ele pediu socorro ao professor Rigatto, grande mestre e ferrenho opositor ao fumo. O professor, do alto de sua sapiência, ensinou: "Convencer o paciente depende do nosso grau de convicção. Venha comigo!".

Quando se acercaram do leito, o velho estava dando mais uma pitadinha. O professor foi enfático: "Seu Osório, será que o senhor não percebe que este maldito cigarro está reduzindo a extensão da sua vida?". O pobre paciente, um pouco constrangido pelo fogo cerrado, argumentou: "Desculpe-me, professor, mas nunca ouvi dizer que a vida tivesse extensão. Sempre achei que fosse só largura!".

O Reinaldo tem setenta anos e é um italianão meio tosco, com a simplicidade de quem sempre viveu na colônia. Quando sentou-se para ouvir as recomendações do clínico que, haviam-no alertado, era um grande especialista, nem imaginava o rosário de restrições: "Seu Reinaldo, sua saúde não está nada bem. Quatro coisas precisam ser modificadas. Primeiro, com o colesterol em 400, o senhor não pode mais comer queijo, salame. E copa, nem sonhar. Segundo, os exames do fígado impedem que o senhor tome vinho. Terceiro, com uma glicose de 390 mg/dl, o senhor está diabético e não poderá mais comer massa, pão, esses carboidratos. E quarto...".

O gringo saltou da cadeira e, em pé, encheu a sala com o sotaque: "Pode parar. Não quero saber da quarta proibição. Com as três primeiras já prefiro morrer". E foi embora com alguma curiosidade pela última, que devia ser a mais terrível, senão não teria ficado para o fim. Pelo menos estava livre do quarto sentimento de culpa. E sozinho riu desta sensação.

Na singeleza de suas almas puras, estes dois simplórios ensinaram, sem perceber, que viver é muito mais do que simplesmente durar. E que alongar a vida, às custas da total supressão do prazer, talvez não seja a escolha mais inteligente.

AQUELA FOTO

Não sei o quanto a história é verdadeira, mas, sendo boa, precisa ser?

O velho italiano descia a Serra com a família, um olho na estrada e o outro nos netos, na maior bagunça no banco de trás. O único silencioso era o Ramiro que, encolhido contra a janela e encantado com a beleza da paisagem, de celular em punho, fotografava sem parar. Adepto convicto do efeito multiplicador do xingamento coletivo, o avô esbravejou: "Vamos calar a boca um minuto para dar um sossego aos meus ouvidos, e você vê se para de gastar filme à toa!", um remanescente do tempo em que o entusiasmo pela foto era regulado pelo preço de cada imagem que se mandasse revelar daquele rolo que tinha número restrito e cheiro bom.

Com a facilidade da foto digital a custo zero, passou a se fotografar muito e tudo, mas se perdeu o prazer tátil da imagem arquivada naquelas revisões periódicas, em geral despertadas por surtos de saudade incontrolável. Apesar das modernas imagens estarem acessíveis no disco rígido, não se imagina transferir para o laptop ou smartphone aquele abraço carinhoso com que tantas vezes envolvemos o velho álbum de fotografias especiais.

Haverá quem ache bobagem, mas muita gente acredita que tocar, mais do que ver, ajuda a acelerar o coração. Talvez por isso pareça meio monótono o desfilar das fotos dos nossos pimpolhos no iPad, fotografados à exaustão como se estivessem ensaiando para a promissora condição de pop star.

Nos hospitais pediátricos, há o hábito de se colocar no mural uma penca de crianças sorridentes, como que a lembrar que aqueles pirralhos de olhos assustados da terapia intensiva já foram lindos assim – e o mínimo que esperam de nós é que lhes devolvamos a alegria.

Quando a Clarice, com seus quatro aninhos, foi internada numa unidade de cirurgia cardíaca pediátrica num hospital público do Rio, a pobre mãe retirou da bolsa uma fotinho, meio amassada, para que a sua pequena também figurasse no painel do corredor de entrada da enfermaria. A cirurgia, considerada inevitável para corrigir um defeito congênito grave, havia sido protelada por várias razões, mas agora, dormindo sentada, com a barriga distendida e as perninhas inchadas, não havia mais o que esperar.

No final da operação, o experiente cirurgião reforçou a sua preocupação com a má condição clínica e os sinais evidentes de insuficiência hepática. Depois disso, a Clarice nunca mais acordou e morreu depois de oito dias de tentativas inúteis de frear a falência de múltiplos órgãos.

Como ocorria em todos os finais de semana, a secretária do serviço de assistência social removeu do painel as fotos das crianças que haviam recebido alta hospitalar ou morrido.

Foi a última vez que alguém pôs os olhos nos olhos tristes daquela menina pobre.

Um mês depois, o pai procurou o cirurgião para reconhecer o esforço feito para salvar a sua filhota e pedir-lhe um favor: a mãe decidira construir no quartinho vazio um pequeno altar em memória, e eles precisavam daquela foto que ficara no hospital, a única que eles tinham para lembrar a filha amada.

O cirurgião que me contou esta história chorou ao lembrar o quanto tinha chorado no desespero de consolar o inconsolável.

A pobreza não tem álbum de fotografias.

COM A AJUDA DE DEUS

Existe uma ambivalência curiosa na relação entre os leigos e seus médicos. Quando o paciente agenda a primeira consulta, tudo o que ele espera é que este pequeno gênio que atravessou seu caminho seja um legítimo representante de Deus na terra e que dessa fusão divina resulte o fim da angústia e a saúde de volta. Quanto maior o susto, maior a gratidão inicial, que tende a se diluir na medida em que o tempo passa. Aí começa a crescer a convicção interior do paciente de que, forte como ele sempre foi, a cura era inevitável. Portanto, o médico não tem que ficar se achando muito, porque na cabeça do ex-paciente a contribuição médica para o sucesso do seu caso mirrará numa proporção estimada de 20% ao ano. De onde esta cifra? Simples: depois do quinto ano, é normal que o cumprimento de Natal passe em branco, substituído pelo afeto dos agradecidos mais recentes.

Outra rotina: o reconhecimento do mérito profissional cai um tanto se o trabalho tiver sido pago. E não há cristão que não se divirta repetindo a piada antiga do cura, cobra; mata, cobra, e a que diz que metade dos cirurgiões acha que é Deus e a outra tem certeza.

Como regra, os leigos adoram denunciar erro médico e tripudiar em qualquer gesto ou declaração que sugira soberba, e os corneteiros mais animados são, naturalmente, os saudáveis.

Quando conheci o maestro, ele tinha 49 anos. Grande fumante, atravessara o país para operar um tumor do pulmão esquerdo. Vivendo um momento intenso de sua vida artística, com inúmeros projetos em andamento, estava apavorado com a ideia de morrer tão extemporaneamente. Houve lágrimas de desespero no abraço da noite anterior.

Foi operado numa tarde de fevereiro do insuportável verão de Porto Alegre. Quando a parte de cima do pulmão foi descolada da coluna à qual estava aderida, o inesperado: restara uma placa de tumor na quarta vértebra torácica. Uma das regras indefectíveis da cirurgia oncológica: não há chance de sobrevivência com uma ressecção incompleta. Diante do terrível achado, havia que ser agressivo. Com o auxílio de um delicado formão (e, acreditem, é possível ser delicado com um formão!), a metade esquerda da vértebra foi removida: a medula ficou ali, pulsátil, numa operação de risco, incluindo a possibilidade de paralisia. Um enxerto ósseo, em que se utilizou parte de uma das costelas, restabeleceu a estabilidade da coluna vertebral e a evolução foi excelente.

Nos anos que se seguiram, foram escasseando as visitas, então esporadicamente uma mensagem no aniversário da cirurgia e, por fim, anos de silêncio.

Um dia desses, recebi um vídeo com uma entrevista autobiográfica dele a uma subsidiária da Rede Globo, na qual relatava a experiência sofrida com um câncer que o assustara muito, quinze anos antes. Acreditava que a cura, que atribuía a Deus, se devia a dois fatores decisivos: o amor de sua mulher, que sempre o apoiara, e a sua vontade de viver, que fez com que ele buscasse todos os recursos da terapia alternativa, incluindo a babosa e o cogumelo do sol.

Quem trabalha com métodos científicos não tem paciência nem pretensão de competir com estes poderes superiores e milagrosos – mas custava ao menos citar que tinha sido operado, pelo amor de Deus?

A VERDADEIRA GRATIDÃO É SILENCIOSA

Generosidade e gratidão só parecem plenas quando se bastam no silêncio.

Seguindo a linha de Millôr, que desconfiava do idealista que enriquecera com seu ideal, me arrisco a depreciar os beneméritos que exigem bandas e fogos de artifício para a cerimônia do reconhecimento por algum gesto ou doação que tenha provocado em alguém a obrigação de agradecer.

A satisfação interior de fazer o bem sem visar vantagem adicional devia ser provedora de gratificação suficiente em si mesma.

De todos os profissionais, os médicos são os que mais convivem com os extremos da gratidão. Seja aquela ruidosa e exagerada diante de um resultado bom, mas previsível, seja o desmerecimento injusto quando não correspondem à expectativa da família, não importando o quanto se esforçaram nem o quão fantasiosa tenha sido a expectativa dos envolvidos.

O jovem médico, projeto de pediatra, cumpria seu segundo ano de treinamento no hospital universitário, onde eram atendidos dezenas de casos graves todos os dias. No fim de uma manhã, a rotina foi quebrada pelo anúncio aflito do porteiro, que entrou no saguão com uma criança desfalecida nos braços e gritou: "Ela parou de respirar".

Imediatamente, acorreram todos e deram início às manobras clássicas de ressuscitação. A parada cardíaca, este vão estreito entre a vida e a morte, sempre provoca muita ansiedade e, quando o paciente é uma criança, é inevitável uma dose de desespero. Não há como saber se esta reação decorre da ameaça a uma vida inocente ou porque ela evoca nossos filhos ou netos.

No meio daquele rebuliço, o residente percebeu que uma mulher, em contida sofreguidão, assistia a tudo apoiada numa coluna. Depois de uma hora de tentativas inúteis, sem que o coraçãozinho jamais voltasse a bater, o pelotão da emergência desistiu e a criança foi dada como morta. O grupo médico se dispersou, carregando a frustração da perda daquele bebê, mas a rotina frenética os engoliu para que não tivessem chance de remoer a impotência dolorosa.

No final da tarde, concluídas as doze horas de plantão, nosso jovem atravessou o salão da emergência e saiu pelos fundos do hospital, através do pátio, onde as crianças maiores brincavam assistidas pelas voluntárias.

E então percebeu que, recostada a uma árvore, a mesma mulher o aguardava.

Foi quando teve certeza de que ela era a mãe da criança morta.

Sem que lhe ocorresse nada para dizer, ele a alcançou, colocou a mão no seu ombro e, abraçados, atravessaram o pátio em direção à rua, parando na calçada.

Chegando lá, ela tomou a mão dele e a beijou. Ele, meio sem jeito e não sabendo o que dizer, tomou a mão dela e a beijou de volta. Então, se separaram. Ele foi para a esquerda, em direção ao estacionamento, e ela para a direita, rumo ao ponto do ônibus.

Não falaram nada, mas ninguém sentiu falta de palavras. Nunca um silêncio tinha sido tão eloquente.

MEU PAI E O SEU DIA

Alguém escreveu que educação é o que sobra depois que esquecemos tudo o que nos ensinaram. Sempre que sinto falta do meu pai, lembro-me disso. E me apego ao seu modelo, transmitido sem discursos. Um misto de sabedoria e intuição. Direto e limpo. Ele era um homem puro, de pensamento vertical, com raras dúvidas e certezas tão positivas que não lembro de tê-lo visto deprimido ou triste, mesmo diante dessas decepções previsíveis ou insuspeitadas que a vida sempre dá um jeito de arranjar.

Se neste almoço de domingo ele ainda estivesse por aqui, eu pediria a palavra para homenageá-lo com duas histórias que resumem o pai maravilhoso que foi sem fazer força, porque aquele era o seu único jeito de ser.

Aos dezessete anos, eu havia feito um terceiro ano do curso científico (era assim que se chamava o Ensino Médio) menos caprichado. Disposto a recuperar o tempo perdido em infindáveis partidas de sinuca, recolhi-me na fazenda em companhia de um amigo que tinha material invejável de dois cursinhos consecutivos e estudei em média dezesseis horas por dia, chegando a ficar quase um mês sem nem um fim de semana na cidade. Várias pessoas da família, comovidas com o esforço, tentavam desastradamente me consolar dizendo: "Calma, não se estresse tanto, você é tão novo! Se não der, no ano que vem você passa!".

E eu ficava remoendo: como assim, tudo de novo? E este esforço, por nada?

E me sentia completamente abandonado, numa batalha que parecia só minha.

Quando finalmente chegou o dia da viagem, fomos em silêncio até a estação rodoviária. Ao embarcar no ônibus, ganhei um abraço mais demorado e o que precisava ouvir: "Vai lá e mostra para estes caras que nesta família também tem pedigree". Chorei no ônibus e ainda hoje sinto vontade de chorar quando me lembro daquele abraço, da loção da barba recém-feita e do cheiro bom que meu pai tinha.

Meu irmão mais moço, nove anos menor do que eu, foi quem mais curtiu o privilégio do convívio. Numa madrugada de juventude irresponsável, ele chegou em casa ao amanhecer e encontrou o pai pronto para a viagem diária até a fazenda. Depois de uma rápida troca de roupas, entraram na camionete, e então meu pai percebeu que no console entre os bancos havia um pacotinho de maconha. Nosso velho pai ficou olhando o vazio por um tempo e então, inesperadamente, disse: "Meu filho, venha cá que eu preciso lhe dar um abraço!". E ficaram ali, num abraço longo e silencioso. Nunca mais tocaram no assunto.

O bom didata usa frases curtas.

Naquela noite, meu irmão devolveu o pacotinho ao amigo que lhe presenteara com um argumento definitivo: "Guarde esta porcaria. Não posso trair um cara que quando descobre que estou fumando maconha me pede que lhe dê um abraço!".

O que aquele homem simples sabia ensinar como ninguém é que é muito mais difícil trair um amigo generoso do que um ranzinza repressor.

Que falta, meu velho, você fará neste almoço de domingo!

NOSSOS JULGAMENTOS

Uma das marcas da juventude é a certeza nos julgamentos. Raramente se vê um jovem enrolado em dúvidas sobre a atitude de alguém. Nada disso. Quando jovens, sabemos com impressionante presteza o que é certo e, principalmente, o que é errado. Visto à distância, parece que a idade nos embota. E a julgar pela dificuldade com que passamos a emitir nossos vereditos, embota de forma constrangedora. Pretensamente por maturidade, passamos a incorporar uma série de "dependes" na nossa opinião final, que reluta em ser definitiva. Pelo menos até que tenhamos ouvido todos os interessados na questão.

Nada me deixou mais desconfortável do que a tarefa de julgar comportamentos médicos no curto período em que exerci a difícil e lisonjeira função de membro titular do Conselho Regional de Medicina. E posso assegurar que a dificuldade não tinha nada a ver com corporativismo: era apenas a sensação massacrante de poder estar sendo injusto com um colega que, trabalhando em condições invariavelmente desfavoráveis, fizera lá o seu juízo em relação a uma determinada conduta que a evolução acabara demonstrando ser equivocada. E nós, os juízes, sentados em salas refrigeradas, nos perfilávamos para julgá-los.

Um dia desses, recepcionando um brilhante colega que fazia o ritual de visitas na condição de aspirante a membro titular da Academia Nacional de Medicina, enquanto almoçávamos, não lembro por qual razão, contei-lhe essa minha limitação. Confessando ter a mesma dificuldade, ele me presenteou com a sábia história de um rabino que, consultado por um jovem que fora se aconselhar sobre a intenção de denunciar a conduta de seu rival, ouviu o relato indignado e ponderou:

"Meu jovem, todos nós temos direito à rebeldia diante da infâmia, e todos os dias ouço histórias semelhantes à sua. A questão é que a nossa reação não pode, no intuito de delatar uma injustiça, cometer uma injustiça maior. Preciso confessar-lhe que não tenho certeza se nesta querela há alguém completamente certo. Então, não sabendo a resposta correta, mas querendo muito ajudá-lo, vou transmitir-lhe o que aprendi com meu velho pai: diante de qualquer situação, antes de decidir o que fazer, passe a sua atitude por três peneiras. Primeiro, a peneira da VERDADE: no que acredita, é o que realmente aconteceu ou pode ser uma versão modificada – ou, pior ainda, um boato? Lembre que, quando a verdade aparecer, e ela sempre aparece, nada irá redimi-lo se ela não estiver contigo. Segundo, a peneira da BONDADE: a sua atitude trará algum benefício a alguém ou será apenas um derrame de rancor e amargura? Não esqueça que no final é comum o agressor sentir-se pior do que o agredido. E, terceiro, a peneira da NECESSIDADE: o que pretende fazer é tão importante que se tornou inevitável que o faça ou é uma birra pelo seu orgulho ferido? Se tiver dúvidas em relação a qualquer uma dessas peneiras, dê um tempo no seu ódio. É bem provável que, no futuro, me agradeça por tê-lo ensinado a ser um juiz menos feroz. E então perceberá que a contenção de um impulso fez de você uma pessoa melhor!"

DAS PEQUENAS COISAS

O medo do desconhecido é consensual. Poder dividi-lo com alguém é uma maneira recomendada de atenuá-lo.

O desespero do Vilamir, nosso primeiro transplantado de pulmão, por não ter com quem compartilhar chegou ao ponto de pedir para conhecer ao menos um cachorro transplantado.

Atualmente, 480 transplantes depois, diante de um candidato amedrontado, não há nenhuma explicação médica que substitua o encontro com um paciente que, diante da mesma doença, logrou a felicidade de voltar a respirar sem dar-se conta.

Nos encontros de fim de ano que congraçam transplantados e pretendentes é sempre comovente este intercâmbio. Há três anos, o Anísio, transplantado havia mais de doze anos, começou sua fala dizendo: "Hoje de manhã, estava caminhando na praia, lá em Imbé, e recebi uma chamada da secretária Kelly, nosso anjo da guarda, pedindo que viesse contar alguma coisa boa na reunião anual. Fiquei meio atrapalhado, porque não sou homem de muitas palavras, mas queria pedir que vocês façam tudo o que os médicos recomendam e não desistam de acreditar. Se Deus quiser, vocês vão conseguir, e quem sabe, ainda vamos correr juntos lá na minha praia!".

Para a turma do oxigênio, esta proposta era quase inacreditável. Alguns fungaram, outros suspenderam a precária respiração por um tempo, todos foram tocados – e o depoimento seguinte foi atrasado à espera da recomposição emocional do grupo.

Um dia desses, na reunião da Liga de Transplantes da Santa Casa, os estudantes recrutaram para depor a Liége, uma jovem que fizera transplante de pulmão dois anos antes, que relatou sua via-crúcis desde o diagnóstico de fibrose pulmonar, descoberta por um pneumotórax numa fase em que a doença não lhe causava nenhuma limitação, passando pela necessidade de transferir sua atividade de personal trainer para o térreo porque as escadas haviam ficado intoleráveis, até a fase mais crítica, depois de quatro anos, quando o banho passou a ser uma tortura. Descreveu a impossibilidade de curvar o corpo e o quanto isso trazia a sensação aguda de sufocação. Neste estágio, banhava-se de três em três dias e em pé ensaboava apenas onde as mãos alcançavam. Para o resto do corpo, deixava a água escorrer.

Muito estimulante vê-la contar que, depois de dois meses, reassumira seu trabalho na plenitude e nunca mais sofrera qualquer restrição, com o fôlego milagrosamente novo. Mas, quando o relato começou a ter solavancos de comoção, nada impressionou mais do que a descrição do seu primeiro banho, ainda no hospital. "Fiquei tão emocionada de poder lavar as minhas pernas que não resisti e chorei sozinha no chuveiro. Depois, quando saí, contei aos meus pais e choramos juntos!"

O sofrimento crônico faz isso mesmo: quando as grandes coisas se tornam inalcançáveis, aprendemos a alegria das pequenas. E não se discute tamanho quando aquilo é tudo o que temos.

COM QUEM CONTAR

Na ânsia de sermos aceitos, tendemos a imaginar uma constelação de amigos que não são mais que números de fantasia. Muitas vezes, confundimos colegas com amigos e eventualmente até os consideramos nossos melhores amigos. Na verdade, a estrada ensina que muitas dessas amizades duram até um dos dois mudar de emprego. Porque amigo não é aquele que festeja com você; é, antes, o que se apresenta sem ser chamado quando não há o que festejar.

A tendência de confundir parceiros e amigos como se fossem sinônimos é fonte segura de desilusão, porque o parceiro costuma ter a volatilidade de um convívio agradável, mas superficial.

Numa mensagem de ano-novo, meu mestre Affonso Tarantino escreveu: "Que o ano que vai começar confirme como amigos ao menos alguns dos que pareceram assim durante o ano que está terminando". A sabedoria da vida longeva adverte contra a euforia de descobrir amigos aos borbotões.

No Museu de Harvard, há uma sala com nichos reservados aos ex-presidentes americanos formados naquela universidade. Lendo a trajetória de John F. Kennedy, encontrei um relato interessante: uma tarde, ele se meteu numa briga feia em defesa de seu amigo predileto, que se engalfinhara depois de uma discussão feroz com um bando de desafetos antigos. Em desvantagem numérica, os dois apanharam muito e, depois da sova, quando tentavam se recompor no banheiro, o amigo foi ainda surpreendido com mais um tapa na cara. Quando, espantado, questionou: "Por que isto? Enlouqueceu?", ouviu: "Porque naquela briga você não tinha razão!". "Mas, então, por que me defendeu?" "Porque sou seu melhor amigo!"

Um amigo, com essa noção de prioridade, todo mundo merecia ter.

Às vezes, os amigos surgem ao acaso e nem lhes damos a solenidade que merecem até que uma circunstância qualquer expõe uma virtude que adora se manter escondida: a fidelidade.

Há uns quinze anos, a Maria Emilia foi atropelada e quebrou uma costela. No raio X de tórax do Pronto-Socorro, descobriu-se um câncer de pulmão com menos de dois centímetros. Lembro a cara preta e desconfiada do marido quando expliquei que aquele tinha sido um atropelamento abençoado porque, graças ao acaso, ela iria se curar daquele tumor. Ela foi operada, curou-se e ficamos amigos. Nas revisões, eles sempre traziam alguma fruta, retirada da tenda improvisada que ele mantinha na esquina. Como retribuição, muitas vezes nesses anos todos fui solidário, comprando frutas ora azedas, ora passadas.

Cerca de um mês atrás, escolhendo umas laranjas, ouvi que as coisas não estavam bem: agora, todo mundo preferia as frutas do supermercado, e ele nem conseguia comprar o antibiótico para a preta velha, muito encatarrada. Dei cinquenta reais para o remédio, o sinal abriu e fui embora. Na semana passada, ele se aproximou para agradecer e, com uma oferta original, foi absolutamente comovente: "Doutor, o senhor é um homem bom e eu não quero passar por mal-agradecido. A minha especialidade é mais para o lado da bandidagem, por isso, se tiver alguém lhe incomodando, é só me avisar que um susto a gente consegue. Do tamanho que o senhor escolher!".

Ficamos combinados.

LEIA PRA MIM!

A irmandade dos leitores inveterados pode ser desorganizada e aleatória, mas existe e, com frequência, identifica-se sem apresentações formais. Esses viciados, que não conseguem dormir sem ao menos um parágrafo que lhes entorpeça com a magia das palavras, estão sempre procurando saber o que os outros estão lendo.

Essa compulsão, desde há muito, impõe-me uma espiada na mesa de cabeceira dos pacientes em busca de um título que, por favor, nos aproxime ainda mais – porque, afinal, não há como negar empatia instantânea se descobrirmos, por exemplo, que aquele tipo, apesar de meio casmurrento, lê Philip Roth.

Lembro que uma vez deparei com um velho muito fofo, enrolado em uma manta de cashmere, lendo absorto *O afogado mais bonito do mundo*, uma das minhas pérolas preferidas do Gabriel García Márquez, e o surpreendi com um abraço efusivo.

Uma noite dessas, em um jantar de confraternização, descobri que um dos professores homenageados era membro da irmandade. Contou-me que precisava relatar uma experiência que tinha a ver comigo. Internara-se uma paciente jovem, inteligente e bonita, com um segundo câncer em marcha acelerada e sem resposta à quimioterapia. Todos entenderam que aquela seria a sua última internação. Na primeira visita, percebeu que ela tinha em mãos o meu último livro, *A tristeza pode esperar*, que lia com sofreguidão. A partir daquele dia, a visita ao fim da tarde sempre terminava com ele lendo duas ou três das crônicas que ela selecionava.

Quando a doença avançou e falar dela se tornou insuportável para os dois, refugiaram-se na leitura de novas crônicas – e se despediam com a promessa de que recomeçariam no dia seguinte. Ao contrário da tristeza, a enfermidade e a sua bagagem de sofrimento não pareciam nem um pouco interessadas em esperar. E assim chegou o momento em que ela, decididamente, propôs ao clínico assistente que a sedasse, cansada que estava do desespero da dor sem redenção e sem futuro. Quando o professor chegou para a visita da tarde, ela dormia placidamente, embalada por uma dose generosa de morfina, em gotejo contínuo. Na cabeceira da cama, uma irmã, empunhando uma sacola amarela da Livraria Saraiva, tinha a última recomendação, dada imediatamente antes do início da sedação que ela própria corajosamente comandara: "Entregue este livro ao meu doutor e peça desculpas porque não consegui esperar para que terminássemos de lê-lo juntos. Ele fará isso por nós dois".

Ouvindo-o contar essa história com um brilho de pré-lágrima nos olhos, foi fácil confrontar seu sofrimento com aqueles muitos dias nos quais chegamos em casa com a sensação dilacerante de que nos arrancaram pedaços vivos de afeto, sem reposição. E, no dia seguinte, na falta de alternativas mais doces, recomeçamos. Subtraídos.

LEMBRA DO MENINO QUE FOMOS?

Sentado na primeira fila de um voo Brasília-Porto Alegre, o moleque com a cara linda e um sorriso espontâneo era a imagem da ansiedade. Tanta que não lhe permitia ficar recostado à poltrona. Aquele olhar inquieto, atento a cada detalhe, era um convite irresistível à conversação. Faltava-lhe apenas o interlocutor, viesse de onde viesse.

Depois da decolagem, quando o parceiro de bancada abriu o computador, expondo fotos de cirurgias, ele nem pretendeu disfarçar que espiava com o rabo do olho e desencadeou uma sequência de perguntas, que se somavam a outras antes mesmo que chegassem as primeiras respostas. Havia muito com que interagir e pouco tempo a perder.

A perspicácia reveladora de uma inteligência superior se somava a uma voracidade intelectual deslumbrante num garotinho de onze anos, a devorar imagens e palavras com aqueles olhos enormes, ávidos de tudo.

Quinze minutos depois, com a afinidade acelerada pelo encantamento mútuo, vieram as questões pessoais: mora em que cidade, trabalha onde, está de férias? Essas coisas... A mãe morava em Brasília, e ele estava aproveitando as duas semanas de férias para ficar com o pai, que se separara da família havia dois anos e vivia em Porto Alegre. Pelo menos a maior parte da ansiedade estava explicada: no fim do caminho haveria um pai a sua espera.

Uma dor fininha varou o esôfago só de pensar como seria doloroso ficar longe de uma cria assim tão maravilhosa, e a reação quase instantânea foi imaginar como estaria agora aquele pai, caminhando de um lado para outro, transbordando de angústia nas cercanias do portão de desembarque, à espera de que o alto-falante anunciasse que o avião havia pousado.

De repente, uma dúvida e, com ela, um sobressalto e de novo a dorzinha, que agora estreitava a garganta: e se o pai não correspondesse àquela ansiedade? E se ele estivesse lá, de cara amarrada pela vinda de um fedelho que lhe quebraria a rotina a importunar pelas próximas duas semanas?

Vai lá saber como são todos os pais deste mundo louco!

O certo é que com este tipo de dúvida era impossível apanhar a mala e ir embora para casa como se tudo estivesse resolvido. Fazer um tempo para fiscalizar aquele encontro era obrigatório.

E aí, aconteceu. Quando enxergou o pai, o pirralho cegou-se para o resto, soltou a alça da pequena maleta que arrastava pelo salão e correu, correu como só se corre para um pai e saltou nos braços dele, que o apertou muito, e ficaram assim rodando no ar como se o saguão inteiro fosse só deles. E, de fato, era.

Agora, sim, missão cumprida: um táxi, por favor!

DAS PRIORIDADES

A base dos movimentos ecológicos é o entendimento de que não podemos aspirar a uma longevidade saudável e qualificada como entidades isoladas, desvinculadas do meio ambiente. Como esses avanços conceituais são muito recentes na história multimilenar da humanidade, ainda estamos meio desorientados, especialmente no quesito prioridades. Essa imaturidade explica, pelo menos em parte, alguns comportamentos bizarros, às vezes francamente fundamentalistas, quando se questiona a necessidade de subtrair uma minúscula parcela da natureza para que uma determinada coletividade tenha acesso ao indispensável progresso. E então emergem reações furiosas, inatingíveis por qualquer argumentação racional. Curiosamente, os tipos mais intransigentes são os menos apegados aos seus semelhantes, que reagem a eles como se fossem inimigos dissimulados, sempre à espreita da oportunidade de destruir a mãe natureza e dar vazão a sua índole predadora.

Uma sociedade sabe que amadureceu quando luta para manter o ar limpo e a água pura, quando cuida da flora para que ela se preserve e encante, da fauna, tão variada e bela, mas também, e equanimemente, das pessoas, sempre tão frágeis e solitárias.

Minha amiga desceu do carro para um passeio na praia do Cassino. Era um dia de sol, poucas nuvens, muito vento. Apesar do verão, a sensação ao sair da água era de frio.

Uma canoa abandonada na areia era uma espécie de refúgio para uma menina de uns dez anos, malvestida, suja, mas muito bonita, com os cabelos presos no alto da cabeça num coque improvisado que lhe dava um ar de nobreza paradoxal. O corpo esquálido da pobreza percorreu de pés descalços uma longa extensão da praia em busca de alguma esmola ou algo que lhe espantasse a fome. Enquanto fantasiava o dia em que a comida oferecesse múltipla escolha, seguia sua sina de pedinte. A maioria dos abordados nem lhe percebeu a beleza, por não ter interesse em contemplar o perfil sempre desconfortável da miséria. Diante de mais uma negativa na última barraca da praia, começou o desanimado caminho de volta. Antes, contemplou o mar imenso, um referencial digno do tamanho do seu abandono. Sentiu vontade de chorar.

Então, foi sacudida por um vozerio excitado que vinha da outra extremidade da praia. Correu para ver do que se tratava e, quando se aproximou, percebeu que o grande círculo humano rodeava um pinguim solitário que aportara por ali, sem convite nem ingresso antecipado. A notícia se disseminou como um rastilho generoso e, dando provas do quanto podemos quando queremos, em pouco tempo acorreram a Vigilância Ambiental, os Bombeiros, a Brigada Militar, vários biólogos da universidade e o escambau.

Em quinze minutos começaram os boletins das rádios, TVs e jornais, com detalhados relatos do extraordinário evento – e juram que houve até quem lamentasse a falta do depoimento do homenageado. Recolhida no seu cantinho à margem do mundo e resignada na sua falta de atrativos, a menina pobre assistiu, à distância, a festa que lhe roubara o pinguim. Nos seus olhinhos fundos de fome e opacos de desesperança havia agora uma pontinha de inveja.

O DIREITO DE SER SÓ

Todos nós temos uma tendência incontrolável a sugerir o que deve ser feito em cada circunstância, principalmente quando o sugerido não tem nada a ver conosco.

Um dia, surpreendi-me dando conselhos a um casal de velhos, meus pacientes antigos, que estavam sós depois que os filhos se afastaram para cuidar de suas próprias vidas. Até as visitas deles passaram a ser marcadas com antecedência, porque as presenças barulhentas eram uma quebra quase dolorosa do ritual de fazer nada o tempo todo, dia após dia.

Achei adequado estimulá-los a mudar a rotina, a sair de casa, passear na pracinha próxima, ir ao cinema, essas coisas. E então ouvi a resposta de quem já tinha pensado muito no assunto: "Doutor, nós temos uma vida boa e confortável, e a gente só deve mudar o que não funciona bem, o que não é o caso. Nós gostamos até do nosso silêncio".

Uns tempos depois, ela morreu, e os quatro filhos organizaram uma força-tarefa para que o pai fosse viver com eles, em revezamento. Aos olhos deles, não fazia sentido algum ele ficar sozinho naquela casa enorme.

Os argumentos eram razoáveis, ele estaria sempre aos cuidados de um dos filhos, que, apesar de aparecerem pouco, estavam sempre pensando nele. Sei.

Além disso, na idade dele, era sempre bom ter alguém por perto, para essas emergências que, Deus nos livre, não escolhem hora. O velhinho tentou argumentar que morava a menos de uma quadra da emergência de um grande hospital, mas foi fuzilado pela pergunta da nora autoritária: "Então o senhor prefere ser atendido por estranhos? Francamente!".

De nada serviu a afirmação de que preferia não incomodá-los porque eles tinham as suas próprias rotinas, e ele mesmo estava acostumado com horários de sono que não combinavam com os deles. Mentiu dizendo que se deitava às 20h e acordava às 5h, com ideia de alarmá-los, mas todos tinham casas com quarto de hóspede, o que lhe asseguraria uma independência de Robinson Crusoé. Então, chega de discussão e trate de arrumar as malas.

Com as desculpas escasseando, assegurou que o simples áudio do *Domingão* lhe aumentava a glicose e que uma vez tivera uma febre inexplicável depois de assistir a um único episódio do *Big Brother*. Nada feito: ele teria a sua própria TV e poderia assistir ao que quisesse.

Desesperado, apelou para a música clássica que sempre fora a paixão dele e da mulher, e que agora, com a surdez da idade, se obrigava a ouvir num tom que incomodaria a todos, especialmente aos mais jovens. Também não funcionou.

Então, exauridos os pretextos e em pânico pela possibilidade de abandonar aquela casa que, teria vergonha de confessar, amava mais do que a alguns dos seus parentes queridos, abriu os braços na imensa biblioteca e declarou solenemente: "Só saio da minha casa se puder levar todos os meus livros!".

Houve uma troca de olhares intrigados e começou a debandada, liderada pelas noras. Impossível dialogar com um velho desses! Que coisa triste, a caduquice!

Depois que o último carro dobrou a esquina, ele fechou as cortinas e, aliviado, passou o ferrolho na porta.

Serviu um cálice de Amarula, recostou-se à poltrona de couro e aumentou o volume para que Puccini enchesse a sala.

Muito lhe faltava a Lucila, mas, com os olhos fechados, *Nessun dorma* era uma companhia prodigiosa.

O ENCANTO DE CADA LUGAR

Sempre que perguntamos a alguém por que ele gosta de algum lugar, a resposta em geral se limita a aspectos físicos e ambientais. Fala-se do clima e da paisagem, da quantidade de água, que é um ponto de encantamento, e muitas vezes do pôr do sol, tantas vezes um requinte daquele pedaço do mundo que elegemos para gostar de um jeito diferenciado. Mas há lugares que amamos sem que eles tenham nada de bonito, e outras vezes só não admitimos que são escabrosos porque estamos tendenciosamente comprometidos com a determinação de relevar.

Em contrapartida, há lugares lindos que não nos atraem porque há neles uma frialdade que afugenta. São aqueles que fotografamos para registrar que estivemos lá, mas também reafirmar que nunca mais voltaremos.

Existem outros que atraem e onde queremos ficar, porque têm a sedução da mão espalmada e a certeza do abraço sempre disponível, e nada disso cabe na fotografia incapaz de registrar emoção. São aqueles recantos charmosos, sabe-se lá por quê. Em andanças pelo mundo, conheci vários desses lugares e, ao percorrê-los, pensei: aqui eu seria capaz de ser feliz.

A Santa Casa, que frequento regularmente desde o tempo da faculdade, ainda como estudante em 1968, sempre me atraiu e despertou sentimentos bons naqueles que se acercaram. Felizmente, nunca ninguém me pediu que justificasse a paixão. Eu não saberia explicar. Diria, no máximo, que lá eu me sinto bem.

Quando a conheci, com goteiras seguras e assoalhos incertos, era ainda mais difícil entender a razão. Mas sempre soube que a Santa Casa era sedutora, muito antes de ser bonita.

Estávamos no final de 78, no auge da pobreza institucional, e eu terrificado com a responsabilidade de, aos 32 anos, chefiar o departamento de cirurgia de um serviço que já tinha um grupo de clínicos renomados.

No meio de uma tarde, atendi no consultório um grande empresário chileno, de passagem por Porto Alegre, que apresentara um sangramento pulmonar assustador. Desesperado, ligou para casa e soube pelo médico da família que devia procurar a mim no Pavilhão Pereira Filho. Naquela mesma noite, foi operado de urgência após várias transfusões de sangue.

Cinco dias depois, pronto para ir embora, me chamou para uma confissão. "No dia em que me internei, assustado e com medo de morrer, me perguntei: por que um grupo tão reconhecido na América do Sul trabalha num hospital tão pobre? Agora, depois desses poucos dias, não sinto mais vontade de perguntar nada, porque já sei a resposta: aqui tem uma coisa boa, e eu já gosto muito deste lugar! E queria muito lhe pedir que fizesse o possível para não permitir que ele mude!"

No final do ano, quando nos reunimos para o seminário anual do reconhecimento, que tradicionalmente premia as pessoas dos diferentes setores que se destacaram no cumprimento das metas estabelecidas, contei esta história.

O sentimento que tomou conta do teatro foi um misto de encanto e de euforia, e tudo o mais que se dissesse só serviria para consolidar o que já sabíamos: o laço mais forte que nos une é a determinação de cumprir aquele pedido.

Foi um daqueles dias em que, não podendo abraçar a Santa Casa, nos abraçamos, aliviados pela certeza de que ninguém nos interromperia para discutir as razões do encantamento.

Confiamos mais nos sentimentos que não precisamos explicar.

A INICIAÇÃO

Para quem nos ouve, o significado do que dizemos é imprevisível. Seja ele um paciente cheio de perguntas ou um estudante ávido por respostas.

Tenho insistentemente ensinado aos jovens que uma maneira eficiente de monitorarmos o que os pacientes pensam é perguntar àqueles que passaram por alguma experiência agressiva o que foi mais inesquecível daquela vivência. Adotar essa estratégia como política de crescimento profissional é também expor-se, com constrangedora frequência, à descoberta de que, no mais das vezes, nem percebemos aquilo que o paciente valorizou tanto.

A mesma dualidade se repete no contato com os alunos, quando é possível flagrar uma empatia instantânea ou uma barreira de dolorosa indiferença. Como tenho a quase convicção de que os melhores médicos e os melhores professores são os afetivamente carentes, consigo dimensionar bem o quanto machuca a rejeição. Em contrapartida, a aceitação espontânea e carinhosa compensa as desfeitas, sublima as perdas e borra as desilusões. No ano passado, um grupo de estudantes, entusiasta e idealista, resolveu reativar o jornal do centro acadêmico e pediu-me que escrevesse um editorial. Coloquei lá essas ideias e defendi, por convicção total, que o mais inabalável trunfo de ser médico é a indescritível gratificação de atenuar o sofrimento dos outros. Dias depois, recebi uma carta da Julia, uma estudante então do terceiro ano:

"Quando pequena, já sabia que gostaria de algum dia me tornar médica, apesar de, na época, não ter ideia do peso que carregaria para tal. No primeiro ano da faculdade, assisti a uma palestra ministrada pelo Dr. Celmo Celeno Porto, autor do livro *Semiologia médica*. Ele propôs uma reflexão a respeito do momento em que nos tornamos médicos. Para alguns, era na formatura; para outros, já durante a faculdade, e para outra parte, após muitos anos de prática. Desde aquela aula, tal pergunta tem estado em meus pensamentos em cada situação que vivo na faculdade. Então, ao ler seu texto, encontrei a resposta que procurava: quando o homem sente a alegria de aliviar o sofrimento humano, torna-se médico. Aproveito para enviar-lhe este verso de Neruda, de que gosto muito: *Si nada nos salva de la muerte, que al menos el amor nos salve de la vida*. Acredito que é esse o amor que devemos dedicar aos nossos (e meus futuros) pacientes. Obrigada por essa reflexão e por proporcionar-me este crescimento."

Como não ser otimista se estamos formando jovens com esse sentimento?

A DESCOBERTA

Na ficha da consulta constava: professor de Filosofia. Ele entrou no consultório com uma sacola de exames que mantinha constrita contra o peito. Quando perguntei no que podia ajudá-lo, titubeou como se a pergunta fosse a mais inesperada, depois contraiu os lábios, segurou o pacote com as duas mãos e me estendeu: "Aqui está o meu destino e, pelo que me deram a entender, a coisa está preta!".

Era o quarto médico que consultava, e todos tinham sido intencionalmente evasivos depois de olhar os exames; ninguém se animara a contar a verdade, que assim, fatiada em informações escorregadias, acabara por se revelar inteira, cruel e assustadora. Antes de desatar num choro convulsivo, ainda conseguiu dizer: "Acho que o caranguejo me pegou". Fiquei com pena daquele homem culto, franzino, envelhecido e solitário, e passei para o outro lado da mesa, diminuindo a distância que nos separava. Olhamos as tomografias juntos, apontei onde estava a lesão e, sem me deter em detalhes técnicos, todos desfavoráveis, expliquei por onde iríamos começar a tratá-lo. Dito isto, fui surpreendido por um sorriso que iluminou a cara molhada, e ele comemorou: "Mas, então, eu tenho tratamento?".

Nesta frase, toda a certeza de que o grande pavor do paciente grave é a ideia de que diagnóstico desfavorável seja sinônimo de abandono e solidão. Como a sua consulta era a última do dia, pude alongar a conversa e, quando o acompanhei à porta, arrisquei animá-lo com uma mistura desigual de desejo e esperança: "Temos uma longa briga pela frente, mas, se pensou em morrer, prepare-se para uma grande decepção, porque eu acho que esse tumor não sabe com quem se meteu!". Então, ganhei um abraço demorado e um presente: "E pode ficar com este calhamaço. Eu não vou mais precisar dele, porque agora encontrei o meu médico!".

Foram meses sofridos, mas ele nunca mais se queixou de nada. Estava sempre animado com qualquer terapia que lhe fosse proposta, por mais que parecesse meramente paliativa. Sabiamente, passou a evitar as perguntas que intuía ter respostas pessimistas. Ficamos amigos e, ávidos por amenidades que dessem um tempo no inevitável, compartilhamos paixão por Cortázar, Gabo, Puccini, Saramago, Joe Cocker, Gonzaguinha, Paulinho da Viola e Elis. Foi bom encontrar alguém que concordava que *A marca humana* foi a melhor coisa que Philip Roth escreveu.

Morreu numa antevéspera de Natal, cuidado pela esposa carinhosa e por um filho que várias vezes advertiu que todo o atendimento teria que ser pelo convênio, porque ele não teria como me pagar.

Não sabia ele que, dias antes, seu pai me fizera um comentário que plano de saúde não paga: "Agora que estamos chegando ao fim, preciso lhe dizer que o melhor tratamento que recebi foi quando você sentou ao meu lado, lá na primeira consulta".

Uma semana antes da morte, ele surpreendeu a mulher, que o sabia ateu, pedindo para conversar com o pastor que antes se negara a receber apesar da insistência do religioso em confortá-lo. Soube tempos depois que ele queria apenas confessar uma descoberta: seguia descrente, mas, tendo sido cuidado por pessoas carinhosas, ficara com a sensação de que a generosidade podia ser uma imagem adequada para esse tal de Deus.

E nesta ele estava disposto a acreditar.

A GRANDEZA DOS PEQUENOS GESTOS

Estamos condicionados a eleger nossos heróis pelo tamanho de suas proezas, essas que os tornam inalcançáveis aos nossos olhos modestos.

Rodrigo Díaz de Vivar, chamado El Cid, foi um nobre guerreiro castelhano que viveu no século XI, época em que a Espanha estava dividida entre reinos rivais de cristãos e mouros. Das muitas histórias que o transformaram em lenda, a mais conhecida é a de ter sido, por ordem de sua mulher, amarrado ao dorso de seu corcel depois de morto para capitanear seu exército, que desbaratou uma legião de invasores muçulmanos a fugirem apavorados por estarem convencidos de que o haviam assassinado na penúltima batalha. Entretanto, uma história quase desconhecida marcou para mim o caráter desse herói de tantas guerras: depois de um desentendimento grave com o seu rei, foi enviado ao desterro e, quando deixava a Espanha, encontrou no caminho das montanhas um mendigo leproso e cego, que ao ouvir alguém se aproximando, gemeu: "Água, por favor, água!". Nosso herói apeou e lhe deu o seu cantil para que bebesse. Saciada a sede, o pobre homem lhe devolveu, dizendo: "Obrigado, El Cid". E ele perguntou: "Como sabes quem sou, se pareces ser cego?". E ele respondeu: "Porque só há um homem em toda a Espanha capaz de afrontar um rei e dar de beber a um mendigo do seu próprio cantil!".

Em agosto de 2014, comemoramos o centenário de nascimento de Rubens Maciel, um ícone da medicina gaúcha e brasileira. As homenagens se repetiram, e em todas foram exaltadas as suas qualidades intelectuais, o dom de um orador memorável, o inovador em muitas áreas, especialmente a da cardiologia, o criador do organismo que rege os cursos de residência e pós-graduação em Medicina, o líder e idealizador de um modelo original de gestão que, implantado no Hospital de Clínicas de Porto Alegre, tornou-se um modelo admirado em todo o país.

Não tive o privilégio de conviver com o professor, mas, depois de duas sessões de homenagens, deparei encantado com uma história contada por seu primogênito no agradecimento final. Estava o professor com seus dois filhos numa livraria da Quinta Avenida, em Nova York, quando decidiu subir ao mezanino em busca de algum título específico enquanto os jovens ficaram no térreo, deslumbrados com as novidades literárias. De repente, entrou um sem-teto e se dirigiu a uma estante de livros usados. Escolheu um livro, contou as moedas, descobriu que não alcançava o valor, selecionou outro, repetiu a operação e, desiludido pela escassez de dinheiro, retirou-se cabisbaixo.

Quando os jovens relataram ao professor este episódio pitoresco, tiveram que enfrentar sua enérgica repreenda porque, na opinião dele, faltara a eles a sensibilidade de perceber que este homem não queria ter mais dinheiro para beber, ou para fumar, ou para usar drogas: ele estava disposto a gastar o último vintém, que talvez lhe fizesse falta na hora da comida, simplesmente para ler.

Então eles assistiram estupefatos o professor correr para a rua, na expectativa desesperada de que o mendigo ainda estivesse por perto. E depois voltar acabrunhado para o hotel porque aquela fome que ele lamentava tanto não tinha conseguido saciar.

Estou convencido de que, mais do que as façanhas, o que distingue esses homens especiais está na grandeza dos pequenos gestos, esses que até seríamos capazes de reproduzir, mas nem percebemos a oportunidade passando.

A FORÇA DA PALAVRA

O que aproxima a literatura da medicina é o compartilhamento de um território comum em que ambas lidam com a condição humana, a dor, o desespero, a esperança e a morte como o fim da espera. O escritor e o médico dependem da palavra, instrumento de criação estética de um e arma poderosa do outro.

A crescente materialização da medicina, encantada e seduzida pelo mundo fascinante da tecnologia, criou um paradoxo: os profissionais se tornaram muito mais competentes, mas os pacientes mais velhos falam com nostalgia dos médicos de antigamente que, conscientes de que eram pouco mais do que acompanhadores da história natural das doenças, se revelavam exímios consoladores.

A consciência de que em algum momento perdemos o compasso tem estimulado um movimento de redenção a partir das escolas médicas, que, tentando recuperar o encanto negligenciado, buscam na interface com a literatura a humanização das novas gerações. Aprendemos que, mesmo que se enriqueça a medicina com a mais sofisticada tecnologia, a palavra continuará sendo a mais eficiente ferramenta de que o médico dispõe para exercer sua arte e sua ciência. E é justamente ela que permeia as relações fraternas entre a medicina e a literatura.

A mesma palavra que o escritor esculpe na busca da frase mais pura é a que expressa o sentimento sofrido do enfermo e que dá a chance ao médico, juntando os pedaços de suas queixas, de construir a anamnese, que do grego significa o antiamnésia, o que não se esquece, a recordação. E essas palavras constituirão o primeiro registro escrito de uma relação que começa com uma investigação sumária das possibilidades diagnósticas e passa a fazer parte do prontuário do paciente, um arquivo pessoal, indevassável e permanente. Com a palavra, o médico desde sempre ofereceu solidariedade, esperança e consolo quando mais não havia a ser oferecido. E os prontuários, como os livros, guardam palavras que se eternizam.

A literatura sempre encantou os médicos porque eles, que trafegam na emoção, perceberam que sublimar um sentimento por meio da palavra é um dom dos curadores de espírito, aqueles artistas que com sutileza dão graça à vida, enternecem os que sofrem, emocionam os rígidos e dão esperança aos desvalidos.

A tendência crescente nas melhores escolas de Medicina do mundo de introduzir nos currículos da graduação os temas que discutam humanidades é um explícito pedido de socorro da medicina à literatura, com a clara intenção de, por meio do exercício da sensibilidade, resgatar os ingredientes básicos de uma relação afetiva que precisa ser retomada nos seus fundamentos essenciais.

No século XX, os prontuários cada vez mais precisos e requintados passaram a funcionar como base de um banco de dados, indispensáveis à pesquisa clínica.

A modernidade trouxe uma clara deturpação da finalidade original, com aquelas palavras produzidas no afã de justificar causas e consequências do atendimento se constituindo no substrato dos processos médicos, quando alguém, por se sentir maltratado, justificadamente ou não, resolve exigir uma reparação – econômica, naturalmente.

Independente do propósito, a palavra sempre foi instrumento da relação entre o doente, com seus dramas e tragédias, e o seu médico, treinado para ajudar a enfrentá-las.

O paciente, fragilizado pela fantasia da morte, sempre buscou na palavra do médico, mais do que a promessa de ajuda, o compromisso da parceria, confirmando que independentemente da circunstância a solidão é a mais devastadora das enfermidades e poder dividi-la com alguém ainda é a melhor terapia.

A DOR DO MEDO

O medo, real ou fantasioso, é um eterno inimigo e um atormentador atroz, capaz de minar nossas energias, principalmente quando se acompanha de doença ou nos encontra com a autoestima em baixa. Mais fácil compreender o medo materializado sob a forma de um rival visível, poderoso e cruel, mas também se sofre – e de verdade – com um inimigo de mentira, produzido por nossa imaginação fragilizada e temerosa.

O medo que atormentou o casal de irmãos solteirões da "Casa tomada", de Cortázar, era imaginário, mas fez com que eles, aprisionados dentro do velho casarão, fossem fechando portas e passagens, sempre afugentados por sons suspeitos e assustadores, e os empurrou para o último aposento da casa e finalmente para a rua, em total desamparo, sem que eles nunca tivessem visualizado o terrível inimigo.

A base de assentamento do medo e as suas manifestações, com muita frequência, constituem um desafiador enigma diagnóstico. A queixa de dor é provavelmente a via de exteriorização mais utilizada, não só porque seu anúncio impõe uma preocupação automática, mas também porque ela, com sua subjetividade, não pode ser simplesmente desmentida.

Cabe ao médico, com conhecimento técnico e muita delicadeza, qualificá-la e quantificá-la, pois, como se sabe, as dores não são sintomas aleatórios de alarme. Pelo contrário, elas têm padrões de apresentação, instalação e propagação que são altamente características de determinadas enfermidades. Por outro lado, as dores desorganizadas e erráticas representam modelos frequentes de somatização.

A Jussara veio se consultar acompanhada do marido, atento e prestativo, e de uma linda menina de seis anos, debruçada no colo do pai. Trazia um calhamaço de exames de imagem e uma história de dor torácica que se arrastava por mais de seis meses. Sem nenhuma lesão na coluna e com pulmões normais, começaram as perguntas e, com elas, uma informação importante: a dor se intensificava muito quando se deitava, a ponto de, nas últimas semanas, preferir dormir na poltrona.

As perguntas seguintes pareciam despretensiosas: "Sua única filha? Como foi o parto?". E a resposta reveladora: "Um martírio insuportável. Não sei como não morri!". Luz amarela!

Passamos a falar de outras coisas e, depois de uma longa volta, enquanto preenchia os dados no computador, uma pergunta solta para a filhota: "E daí, dona lindinha, não pediu um irmãozinho para a mamãe?". E a resposta, previsível: "A mãe disse que nem morta". Bingo.

A consulta seguinte, só com a paciente, foi definitiva. A sua relação emocional com o parto tinha sido duplamente traumática: sua mãe morrera ao dar à luz sua irmã menor, e o nascimento de sua própria filha fora um suplício. Sem coragem para discutir seus medos com o marido, obcecado com a ideia de um filho homem, levara a dor para a cama, como um escudo poderoso. Despir-se do medo é uma forma eficiente de minimizar a dor. Qualquer dor.

A LÁGRIMA QUE NOS DISTINGUE

A maioria dos homens tem dificuldade de assumir que chora, como se isso fosse uma fraqueza a ser ocultada. Por considerar essa condição divisória de sensibilidade, sistematicamente pergunto aos garotos da turma na faculdade: "Quem já chorou no cinema?". Sempre me lembro, como exceção, de um jovem, primeiro da turma, que confessou que chorava muito e que, mesmo contido para não parecer frouxo demais, de vez em quando escapava uma fungadinha quando via a família abraçada só porque o filho tinha sido classificado para a próxima etapa do *The Voice Brasil*.

A tendência é de que, em uma turma de 25 alunos, um ou dois, meio encabulados, assumam que sim, já choraram. E então vem a recomendação planejada: "Meninas, nunca cometam a insanidade de se casar com tipos tão toscos e tão rígidos que nem conseguem mergulhar numa história emocionante e simplesmente chorar".

Mas essa preocupação não é original, nem recente. Já em 1940, David Wechsler descreveu a influência dos fatores não intelectuais sobre o comportamento inteligente e defendeu ainda que os nossos perfis de inteligência não estariam completos antes que esses fatores fossem adequadamente estudados.

A valorização da capacidade de se emocionar vem crescendo nas últimas décadas, reconhecendo-se cada vez mais os aspectos não cognitivos da inteligência como diferenciais de qualificação pessoal. Os conceitos de Goleman, de 1995, vêm sendo usados progressivamente pelas grandes empresas, que tendem a selecionar candidatos a executivos pela capacidade de expressar emoção. Segundo ele, a inteligência emocional é a maior responsável pelo sucesso ou insucesso dos indivíduos. Como ilustração, ele recorda que a maioria das situações de trabalho é caracterizada pela interação de pessoas e, desse modo, indivíduos com virtudes de relacionamento pessoal, como afabilidade, compreensão e gentileza, têm mais chances de obter o sucesso. Contando com uma gama cada vez mais rica de elementos de avaliação individual, que incluem rapidez mental, tonalidade da voz, tiques faciais e linguagem corporal, pareceu inevitável incluir um zoom poderoso que pudesse flagrar uma pré-lágrima desencadeada pelo relato de alguma situação potencialmente emocionante. E como não podemos ser na empresa o que não somos em casa, o nosso comportamento lá e cá revela o que, de fato, somos. Sem dissimulações.

O Roberto sofreu um acidente de carro em que ele dirigia, e sua mulher morreu dias depois, no hospital. Por conta de trauma craniano e fratura das pernas, ele permaneceu internado por três meses. Finalmente de volta para casa, percebeu uma certa frialdade, apesar do cuidado solícito dos filhos adolescentes, e isso passou a doer mais do que a soma das fraturas.

Intuiu que atribuíam a ele uma dose de culpa pela perda da mãe e duas vezes ensaiou conversar sobre o assunto, mas foi prontamente interrompido. Uma tarde, supondo-se sozinho em casa, consumido de dor e saudade, desabou num choro convulsivo. Surpreendido pela filha menor, recebeu dela um abraço carinhoso e demorado.

Dias depois, impressionado com a completa mudança de atitude dos filhos, animou-se a questioná-los: "O que aconteceu nesta semana que mudou tanto a nossa relação?". "Ah, pai", disse a mais velha, "você não imagina como foi bom descobrir que você chora como a gente!"

A dor pela perda da mãe continuaria latejando por muito tempo ainda, mas agora eles eram, outra vez, uma família.

AS PESSOAS DO BEM

Cada vez que um fato inacreditavelmente cruel sacode a comunidade, recomeça a discussão sobre a degeneração social, a perda dos valores e onde vamos parar.

Minha convicção é a de que não conseguimos piorar porque o conjunto está protegido por uma espécie de barreira, ou um *firewall* intransponível: nós nascemos puros e, por mais que nos esforcemos para piorar, não conseguimos destruir tudo o que de bom, felizmente, existe por aí. Quando degeneramos, lá vem a geração seguinte para recompor.

A perplexidade com que discutimos, por exemplo, que um pai possa ter matado um filho mostra apenas que estamos querendo analisar uma aberração com os nossos corações de pais amorosos. E claro que assim tudo parecerá absurdamente incompreensível. Outra causa evidente de distorção é a barulheira do mal e a discrição silenciosa do bem.

Por isso, a dona Mercedes nunca será manchete de jornal. Porque ela é um oceano de bondade e nem todo o mal que lhe façam mudará o jeito bonachão de acreditar e acolher as pessoas, quaisquer pessoas. Pena que, sendo assim, ela não mereça nem uma notinha de rodapé.

Quando o Inácio bateu à porta dela pela primeira vez pedindo comida, ganhou um prato improvisado com sobras da janta e se regalou. Há muito não comia nada tão gostoso. No dia seguinte, a queixa se ampliara: estava muito frio, se houvesse também um agasalho velho seria ótimo. De pedaço em pedaço, o Inácio ganhou um cantinho ao lado da despensa, recebeu com bom humor o ultimato para um banho e se instalou. Dias depois, contou que estava preocupado com a Milonga, uma cadelinha que deixara com o vizinho de debaixo da ponte, mas que, ficara sabendo, se negava a comer desde que o dono sumira.

Dona Mercedes respirou fundo e mandou trazê-la. Ela própria sentia falta de um cãozinho em casa e estava cansada do silêncio que se implantara ali depois que decidira que não tinha mais saúde para manter ativa a pensão que chegara, nos bons tempos, a alojar quinze estudantes.

Agora, a dupla de inquilinos improvisados estava lá para preencher aquele vazio silencioso da solidão.

Soube dessa história quando a Mercedes me procurou, meio constrangida, mas precisando da ajuda do ex-pensionista que, lhe contaram, trabalhava na Santa Casa e entendia de pulmão. Sua preocupação se justificava: descobrira que o Inácio, um fumante inveterado, andava escarrando sangue. Com a intenção de também matar a saudade da pensão, fui ver seu hóspede em casa.

Estava pele e osso, tinha um tumor de pulmão de pequenas células, uma lesão agressiva, com expectativa de resposta à quimioterapia, mas péssimo estado geral. Convivemos durante o tempo em que a medicação conseguiu conter o tumor, mas, depois de quase dois anos, a doença parecia fora de controle. Quando foi internado em fase final porque necessitava de oxigênio, a Mercedes estava conformada: "O Inácio foi um presente de Deus no fim da minha vida. Nunca conheci uma pessoa mais generosa. Cuidou da Milonga e de mim com um carinho que a minha família me negou. Agora sei que ele também sabe que vai morrer porque hoje, antes de sairmos de casa, ele pediu um tempo com a Milonga – e tenho quase certeza de que a sacrificou. Ela também está muito fraca, com um câncer na mama, e realmente não comia nada que não fosse dado por ele. Estou com medo de voltar para casa e descobrir que fiquei sozinha outra vez. E olha que, quando minha solidão ficar insuportável, vou anunciar uma greve de fome só para que venhas me ver!".

Que desperdício ter negligenciado um convívio tão doce.

Ainda bem que o Inácio tinha mais tempo livre!

DAS RAÍZES

Existem os que viajam apenas para curtir, no final, um prazer insólito: o caminho de volta. Outros, menos afeitos às raízes, saem pelo mundo arrastando tralhas, sem compromisso com o que ficou para trás. Ninguém saberá se abdicaram de promessas de amor, nem se tinham algum afeto que justificasse voltar. Eles tratam a vida passada como mochilas usadas e simplesmente partem, sabe-se lá se por impulso ou desapego. Os mais conservadores, na construção de uma carreira profissional diferenciada, são muitas vezes impulsionados a sair em busca de refinamento técnico, mas ficam o tempo todo voltados para o que deixaram e imaginando o que poderão trazer para justificar o investimento em saudade. São os aborígenes, com graus variados de incurabilidade.

Nunca se soube que estímulo levou Oscar Guillamondegui aos Estados Unidos depois de ter completado o curso de Medicina com brilhantismo em Buenos Aires. Mas o tamanho da ambição estava expresso na escolha do centro de treinamento: o MD Anderson, no Texas, é um dos maiores centros de oncologia do mundo.

A carreira desenvolvida lá foi de fazer inveja ao americano mais ambicioso. Em poucos anos, tornou-se chefe do serviço de cirurgia, casou-se, teve quatro filhos americanos, alistou-se no exército, onde chegou à condição de coronel médico, lutou na Guerra do Golfo, foi condecorado e tornou-se um cirurgião respeitado internacionalmente.

Ocasionalmente, acusava uma fisgadinha sorrateira de saudade quando a Argentina era citada de passagem. Um dia, depois de tanto fisgar, desceu em Ezeiza e caminhou pelo centro velho de Buenos Aires. Ali, entre a Suipacha e Maipú, reconheceu a antiga sapataria que visitara tantas vezes na companhia saudosa do avô. Resolveu entrar. O dono, com idade próxima da sua, identificou-se como a terceira geração na propriedade. "E *Guillamondegui*, sim, lembrava bem desse nome, era uma família muito querida por meu avô e meu pai. Gente boa, que sempre mandava fabricar seus sapatos aqui! A propósito, deixe-me ver no depósito, acho que tenho uma coisa que pode lhe interessar."

Pouco depois, voltou com uma caixa de papelão com uma tarja: *Oscar Guillamondegui*. Dentro, uma sequência de moldes onde se lia *7 anos, 10 anos, 14 anos, adulto.*

Certamente, para o velho sapateiro, não importava quantos caminhos aqueles pés agora gigantes tivessem cruzado. As raízes estavam fincadas ali, na velha Buenos Aires, sobre a calle Esmeralda, entre Suipacha e Maipú.

Quando saiu na calçada, só tinha uma certeza: estava na hora de voltar para casa. E não podia ser casualidade aquela agência de viagens, justo ali do outro lado da rua.

IRMÃOS PARA O QUE VIER

> "Abraçar é dizer com as mãos o que a boca não consegue, porque nem sempre existe palavra para dizer tudo."
>
> Mario Quintana

Os garotos que conheci quase vinte anos depois nasceram irmãos, separados por onze meses, e ultrapassaram todas as barreiras da seleção natural para sobreviver à gincana diária de miséria num casebre da periferia, onde compartilharam fome e desesperança com mais umas oito pessoas que compunham aquilo que ninguém se animaria a chamar de família. O pai, um alcoólatra que batia regularmente nos filhos, fez o favor de poupá-los do seu desamor quando morreu de cirrose antes dos quarenta anos. Quando o casebre foi invadido por um traficante que cismara que seu desafeto escondera drogas no colchão, a mãe, que se atravessara para defender os filhos adolescentes que tentaram interromper a invasão, foi brutalmente assassinada na frente da prole.

Depois disso, a família foi dissolvida em abrigos, reformatórios e centros de adoção, e ninguém mais soube dos outros até que a doença do Roney forçou a busca por parentes.

No tratamento de uma leucemia, a necessidade de um transplante exauriu as possibilidades de um doador cadastrado no Banco de Medula Óssea, e o incansável pessoal da Assistência Social saiu a campo na tentativa meio desesperada de reconstruir o caminho da debandada familiar. O Roney, que por ocasião da morte da mãe tinha quatro aninhos, recordava-se bem de um dos irmãos, chamado Rodrigo. Lembrava também que era ele de quem gostava mais.

Por sorte, esse irmão constava nos registros de adoção e, se estivesse vivo, ventura que não haviam tido três mais velhos, devia morar em Goiânia, para onde fora levado aos cinco anos de idade.

Houve uma excitação na enfermaria quando chegou a notícia de que o Rodrigo fora localizado e estava a caminho com sua nova família.

O encontro se transformou numa cascata de afetos. Primeiro os dois, que se olharam por um tempo, depois se apalparam e, por fim, se envolveram num abraço sacudido que terminou por incorporar os pais adotivos, que já choravam convulsivamente. Quando começaram os testes, ouvi da funcionária da limpeza: "Que Deus não fale mais comigo se eles não forem compatíveis!".

Não se sabe o quanto esta ameaça pesou, mas há quem acredite que Deus sabe quando ninguém está para brincadeira e, para evitar bronca maior, resolve ajudar. Seja lá como for, o certo é que aquela afinidade descoberta lá na infância de miséria compartilhada materializou-se numa compatibilidade perfeita.

Semanas depois do transplante, eram vistos caminhando pelo pátio do hospital. E mais de um funcionário percebeu que frequentemente eles interrompiam a conversa para uma nova sessão de abraços. E ficavam lá aquelas cabeças, uma careca e outra com moicano, rodando pelo jardim.

Quando li a biografia de Boris Cyrulnik, um psiquiatra judeu francês que definiu resiliência como a capacidade de superar uma adversidade e sair dela ileso, lembrei-me do Roney e do Rodrigo.

Boris teve, como eles, uma infância terrível, com os pais assassinados num campo de concentração de onde ele fugiu com apenas seis anos, empurrado para dentro de uma ambulância por uma mulher que o conhecia. Uma experiência como esta destruiria a vida da maioria das pessoas, mas ele teve a felicidade de ser resgatado por uma família amorosa que, mais do que a sobrevivência, deu-lhe alento para se tornar um ícone da recuperação de crianças com infâncias destroçadas pela adversidade.

Com ele, aprendemos que pior do que a rudeza dos maus-tratos é nunca provar o encanto da reciprocidade de afeto.

O DESCOMPASSO

Muitos anos de atividade médica intensa levaram-me a acreditar que podemos entender de gente mesmo sem formação psicanalítica. Basta que aprendamos a ouvir e assim descubramos o que pensam as pessoas doentes, para com isso abrir as fechaduras das frases entrecortadas, dos suspiros e das metáforas, que são sempre mais do que isso.

Com este exercício diário de humanidade, descobrimos que a nossa lide é um jogo de sedução e conquista de confiança, e nada atrai mais o paciente do que a identidade de afetos e sentimentos.

Por outro lado, não há instrumento de aversão mais eficiente do que a desconsideração. Uma cara risonha no velório do meu avô fez com que, durante anos, eu me lembrasse daquele primo, o da contramão da minha dor, a cada vez que tinha uma náusea ou uma dor de barriga qualquer.

Depois de um tempo, acabamos perdoando estes descompassos estúpidos, mas as farpas ficam lá – e qualquer distraído roçar de insensibilidade vai pô-las, outra vez, a latejar.

O Artêmio era um homem enfarruscado, que economizava gestos e palavras, mas havia uma franqueza naquele olhar vertical que evocava autenticidade.

Classificado assim, foi fácil tornar-me amigo e interlocutor da sua solidão e desencanto quando os exames confirmaram a disseminação de um tumor que operáramos três anos antes. Alguém precisava ouvi-lo, e a família estava ocupada com outras coisas. Essas coisas que só descobrimos insignificantes depois que perdemos as outras.

Nossas conversas tinham sempre dois estágios: o da inquirição técnica, em que ele respondia perguntas que lhe fazia ao pé da cama, e o da conversa pessoal, nesta interação que exige que nos sentemos porque não há interface afetiva com os olhares desnivelados.

Ouvi dele as histórias de uma vida dura, em que a infância fora negligenciada em nome do trabalho precoce para substituir o pai desaparecido, e quase justifiquei a sua inflexibilidade como retribuição pelo que a vida lhe presenteara.

Próximo do fim, o encontrei deitado, com aquele vão entre as pernas que resulta do sumiço da musculatura das coxas. As queixas de dor contínua e a sua declarada rebeldia pelo sofrimento sem destino me comoveram. Pensei nele como o cadáver adiado de Fernando Pessoa e saí. A morfina nos ajudaria a enfrentar o fantasma da morte.

Quando voltei, mais tarde, ele fez uma confissão: "O senhor me confortou quando pareceu consternado me ouvindo falar da minha dor e, depois, me destruiu quando, ao sair, com a sua voz inconfundível saudou alegremente um colega no corredor. A tristeza dos amigos verdadeiros costuma ser mais duradoura".

Tendo acreditado, depois de décadas de aprendizado, que alcançara a condição de um médico pronto, de repente me descobri um mero estudante em construção. Havia ainda muita vida por viver.

OS ENLEVADOS

Nas extremidades dos corredores dos primeiros andares do antigo Pavilhão Pereira Filho ficavam as enfermarias dos indigentes, naquela época em que eles existiam.

O Aristides era um velho peão de estância, de Quaraí, que conversava aos solavancos, com longas pausas entre frases curtas. Seu jeito de descrever as coisas e de interpretar o que tinha sido dito me encantava. Tanto que se tornou meu papo obrigatório do final de tarde, numa fase da vida em que, sei lá, a gente tinha menos pressa.

Um dia, o surpreendi pensativo, e não houve o festejo habitual quando puxei o banquinho para conversar. Depois de um suspiro, do nada, ele anunciou: "Sem ninguém para um mimo, eu não me acho!". E então confessou que desde que a patroa morrera sentia um vazio feito fome no lugar do coração. E, um pouco acabrunhado, me confidenciou que andava meio encantado com uma vizinha de coque grisalho. O tal amor, verdadeiro ou fantasioso, provocara pelo menos um benefício: ele era o primeiro a se levantar e a arrastar sua falta de ar para o banho, contrastando com o jeitão desleixado e preguiçoso de quando fora admitido sem família, num abandono sem redenção.

O anúncio da paixão extemporânea tinha um objetivo: já que nos tornáramos amigos, ele queria saber se eu achava muito ridículo que ele estivesse, assim, sabe como é, meio que apaixonado.

Quando lhe disse que não, que isso era sinal do quanto tinha de vida por viver, ele misturou riso e choro e me abraçou. Compreensão e cumplicidade, como se sabe, produzem amizades instantâneas.

A pergunta seguinte foi sobre a saúde da amada. Até preferia que ela tivesse um fôlego meio curto, para que ele não se sentisse tão diminuído.

A Amália também era viúva e, ao ouvi-la contar da saudade que sentia do seu velho, falecido no último inverno, senti que a minha missão de cupido não tinha a menor chance de prosperar e me condoí da má sorte do Aristides – que, ignorando a indisponibilidade daquele coração, continuava animado com um sonho que preferi não desestimular. E até comentei com a Amália que, sem saber, ela estava ajudando o Aristides lá do fim do corredor, já que ao vê-la ele trocava a falta de ar da fibrose por longos suspiros de paixão. Ela riu encabulada e comentou: "Velho descarado, brincando com o sentimento das pessoas carentes!".

Não insisti em aproximá-los porque à época não tinha a percepção exata da atemporalidade do amor, esta noção que os jovens ignoram e, por desconhecerem-na, ridicularizam a paixão dos velhos.

De qualquer modo, com uma fibrose terminal que lhe arroxeava os lábios depois do mísero esforço de uma frase qualquer, ele não teria fôlego para uma declaração de amor. E dela, com um câncer terminal de pulmão, não se podia esperar ânimo para consolá-lo.

E então cuidei dos dois assim, embalando a fantasia dele e protegendo a carência solitária dela.

Nenhum deles tinha expectativa de vida de mais do que poucas semanas. Achei justo mantê-los alienados de uma realidade que não lhes convinha. Ele, animado com a fantasia de uma paixão juvenil irrealizável. Ela, consumida de saudade. Tanta e sempre que contam, quando é assim, pode até produzir o milagre reparador da ressurreição.

    Enlevados de amor, um pelo que fora e outro pelo que poderia ter sido, morreram os dois na mesma semana, sem terem trocado uma única palavra.

O QUE ERA CERTO

Na entrada do Centro de Transplantes havia uma área ampla, utilizada como sala de estar para os familiares dos transplantados. Como usualmente um doador significa o transplante de vários pacientes, aquele ponto de encontro era também o local de congraçamento de famílias desconhecidas, reunidas pela mais aleatória das variáveis, a da compatibilidade imunológica.

Quando, recentemente, decidiu-se por construir ali uma pequena capela, mais do que um local de reunião de pessoas estressadas se pretendeu dar um endereço respeitoso ao sentimento dominante naqueles encontros fortuitos que atravessam infindáveis madrugadas: o da solidariedade.

O Jaime e o Osvaldo não se conheciam e, enquanto eram transplantados, suas famílias foram se reunindo na recepção do hospital. Depois de duas horas de confidências e palavras de apoio, já eram uma família só, irmanados pela angústia da espera, pela incerteza do desfecho, pela identidade de esperanças e, a partir daquele dia inesquecível, beneficiários da generosidade de uma mãe desconhecida que resolveu doar os órgãos do seu filho amado para que outras mães, que nunca conheceria, fossem poupadas da mesma terrível dor que lhe varava o coração. Ninguém podia pretender que aquele gesto removesse o sofrimento dela, mas saber que vários pedaços de seu filho querido permitiriam que outros jovens voltassem para a vida era, pelo menos, uma tentativa desesperada de dar algum sentido à estupidez da morte na juventude.

Quando desci para contar que os transplantes haviam terminado e que ambos estavam bem, encontrei umas vinte pessoas abraçadas, rezando. Definitivamente, não conseguiria dizer quem era parente de quem. A comunhão de angústias e desejos lhes borrara as feições.

Durante um tempo fiquei ouvindo o que rezavam, antes de interromper aquela corrente de oração que enchia o saguão de uma energia quase palpável.

Com as minhas notícias otimistas, houve uma pequena comemoração e os abraços se multiplicaram, depois as orações recomeçaram. Havia muito o que agradecer.

Embaixo da marquise, apoiada a um carro com a porta aberta, uma senhora de cabelos grisalhos assoava o nariz com insistência. Passados mais de cinco anos, ainda não sei o que me deu tanta certeza, mas eu soube. Olhei-a e soube, imediatamente. Ela aceitou o abraço silencioso e ficamos assim um tempo, compartilhando ao longe o burburinho de alegria dos que tinham razões de sobra para festejar.

Por fim, ela falou: "Sei que isso é irregular, mas não resisti em dar uma espiada e ver o tamanho do que tinha feito. Agora sei que fiz o que era certo e já posso ir. Preciso enterrar meu filho!".

O JEITO DE DIZER

Quase todos os tumores curáveis são assintomáticos e representam achados ocasionais de revisões programadas.

Nesses casos, a notificação do diagnóstico e a condução do tratamento exigem do médico uma abordagem serena e madura, sem eufemismos e metáforas, em que a apresentação do problema ao paciente, num nível de entendimento facilmente compreensível, deve manter vívida a esperança de cura.

A escolha das palavras adequadas e o jeito determinado de anunciá-las facilitam a comunicação do que deve ser feito, sem discussão de dados estatísticos inúteis e sem a transferência da escolha do melhor procedimento para o paciente, que se não bastasse ser leigo no assunto ainda está assustado com a ideia da morte.

O cirurgião sabe que escolheu as palavras corretas quando o paciente, munido das informações básicas, se antecipa dizendo: "Então temos que operar, não é, doutor?!".

Quando a proposta de tratamento recomendado é a verdade sem maquiagem, a conversa é tranquila para os dois lados. Muito mais difícil é quando se debatem alternativas de tratamento que servem apenas para fazer o futuro menos tormentoso.

A escola americana, focada na medicina defensiva – que, é bom reconhecer, não é fruto de geração espontânea, mas nasceu de milhares de processos médicos por qualquer coisa que parecesse má prática –, anuncia a verdade em toda a extensão, num cruel exercício de independência com o sofrimento do doente que, afinal, é o proprietário da sua doença.

A razão desse comportamento hostil? Muitos desses processos são desencadeados pela acusação de informações omitidas do paciente e que poderiam, no tempo adequado, ter resultado em melhor planejamento econômico de sua família.

Ninguém pode negar que com a proliferação de ações indenizatórias os médicos devem adotar uma atitude mais autoprotetora, mas sempre haverá espaço para a generosidade e a candura.

E neste terreno pantanoso, antes de ser catastrófico, o médico deve submeter-se a duas premissas:

• nem sempre a verdade lavada é a melhor coisa que se pode oferecer a alguém;

• a negação é um elemento fundamental no nosso kit da sobrevivência.

Por outro lado, o médico que se deu ao encanto de gostar do seu paciente como pessoa passa a protegê-lo e, instintivamente, a economizar notícia ruim.

Num final de um agosto muito frio, o Waldemar estava outra vez internado, agora com várias lesões ósseas que lhe provocaram o colapso de uma vértebra torácica e uma dor de difícil controle.

Com o desfecho se aproximando, falávamos de tudo e do futuro, como se houvesse algum.

Uma noite, ajustada a dose do analgésico e encontrada uma posição de apoio com um travesseiro entre os joelhos, a dor passou e ele contou da volta prevista do neto querido, que estudava em Londres, e da alegria que seria o Natal com todos em casa.

Depois de encarar o vazio por um tempo, animou-se a perguntar: "Você acha que eu vou estar vivo em dezembro?". Como o "Claro que sim" saiu muito rápido, ele se aproveitou: "Meu querido! Passe para este outro lado da cama, sente-se na minha frente e, por favor, me minta mais!".

AS NOSSAS DEFESAS

A nossa interação com o mundo é, seguramente, o mais longo processo de adaptação da espécie. Desde os tempos remotos em que as prioridades elementares de comer e reproduzir se contentavam com os limites impostos pela caverna até o homem contemporâneo, muito se aprendeu dos nossos recursos naturais de autopreservação.

A busca obstinada à proteção máxima cresceu de maneira tão exponencial nas últimas décadas que atualmente se gasta mais em segurança do que em produção de alimentos.

Mas mesmo que estivéssemos completamente protegidos de todos os males exteriores em algum bunker impenetrável, ainda correríamos o risco de ser aprisionados em alguma cilada afetiva e, para essas, as barreiras materiais, como era de se prever, não funcionam.

Muito se tem escrito sobre a importância do nosso estado de espírito no enfrentamento dos inimigos internos e externos, especialmente depois que se percebeu que a depressão não é apenas uma condição desfavorável em si mesma, mas uma usina de fragilidades dela decorrentes.

Muitas regras têm sido ensinadas no afã de fortalecer as pessoas nesta batalha em busca da felicidade, mas a única certeza que se tem é a de que elas garantem mesmo é a estabilidade econômica dos autores de livros de autoajuda.

Às vezes se extrapola atribuindo, por exemplo, o surgimento de um câncer a uma catástrofe pessoal, como se um tumor pudesse se formar em poucas semanas ou meses.

Recentemente, um familiar me questionou sobre a possibilidade de que o câncer diagnosticado em um viúvo depois da perda da esposa muito amada pudesse ser resultado desse luto especialmente doloroso.

A interlocutora, com formação em psicologia, pareceu decepcionada quando expliquei que desde que uma célula iniciou o processo de duplicação anárquica do câncer de pulmão até o tamanho de um centímetro, quando começa a ser visível numa radiografia de tórax, já decorreram dez anos e que, portanto, não se pode improvisar um tumor desses por circunstâncias emocionais desfavoráveis e, como regra, transitórias.

Entretanto a participação do nosso psiquismo na fortaleza ou depauperação das nossas defesas é muito evidente em processos infecciosos e, especialmente, nas doenças virais.

Um episódio gripal severo que coincida com a alegria da aprovação no vestibular será solenemente ignorado, e até o reles vasoconstritor nasal será considerado desnecessário. Transfira-se o mesmo episódio a um chefe de família, de meia-idade, que acabou de ser demitido depois de trinta anos de trabalho e teremos uma pneumonia a caminho, com consequências potencialmente devastadoras.

Apontadas estas diferenças de comportamento diante de agressões idênticas, é de se esperar que os terapeutas visionários já estejam trabalhando com vacinas euforizantes.

De qualquer maneira, o deprimido sempre será mais vulnerável, até porque, antes de contrair alguma enfermidade, ele já adoeceu de si mesmo.

O ESQUECIMENTO QUE NOS PROTEGE

Foi uma surpresa desagradável, como é a maioria das surpresas. De braços abertos oferecidos, ela bloqueava a saída dos espectadores na porta do teatro com uma declaração desconcertante: "Obrigada, doutor, por eu estar aqui, vivíssima, graças ao seu talento de cirurgião. Nunca vou esquecer a sua confiança quando me disse: 'Se você não se curar deste tumor, eu rasgarei meu diploma!'".

A previsível reação dos circundantes incluía olhares divididos entre os ingênuos, plenos de admiração por tanta competência, e os mais perspicazes, extravasando repúdio pelo modelo de presunção e arrogância.

Eu me lembrava perfeitamente dela, da complexidade do seu caso e do esforço que fizera à época para manter o otimismo e a esperança, apesar da possibilidade real de recidiva da doença, nunca omitida.

Mas de onde ela retirara esta frase exemplar de soberba desmedida? Logo eu, que sempre debochei de um antigo mestre que encerrava as discussões de casos clínicos complexos justo com aquela ameaça, tantas vezes repetida que a ironizávamos dizendo que ele devia ter uma máquina de fotocópia em casa (aos mais jovens, esta era uma engenhoca que copiava documentos e que antecedeu o xerox, que enfim também foi substituído pelo..., bom, não interessa, a máquina copiava!).

A propósito, é comum que experiências médicas sejam tão glamurizadas pelos pacientes – que as contam e recontam tantas vezes que, depois de um tempo, já não têm nada a ver com o que de fato aconteceu, restando apenas a lembrança do agradável.

O nosso maravilhoso Ivan Izquierdo ensinou no seu imperdível *A arte de esquecer* que é necessário apagarmos da consciência determinadas lembranças para a preservação do nosso bem-estar.

Sabe-se que a memória é uma intrigante faculdade mental que permite registrar, armazenar e manipular as informações colhidas por meio de vivências, que são captadas por nossos órgãos dos sentidos.

O mais fantástico do sistema é que ele, na sua forma ideal, nos protege tanto com o armazenamento de memórias boas quanto com o esquecimento das indesejáveis. Porque, de fato, é saudável esquecer ou pelo menos manter longe da memória, numa espécie de arquivo morto, aquelas lembranças constrangedoras como experiências de medo, humilhação e covardia.

Para tocar a vida e ir adiante, o cérebro possui um mecanismo de proteção: ele pode inibir determinadas memórias ou deixá-las praticamente inacessíveis por meio de um fenômeno que os psicanalistas chamam de repressão. E isso ocorre o tempo todo, mesmo sem nossa vontade ou consciência. Memórias perturbadoras podem emergir a qualquer momento sob a forma de sintomas variados em pessoas que não sabem explicar por que fizeram o que fizeram, nem tampouco o que sentiram ao fazê-lo.

Mas quando estas memórias desagradáveis são acessadas e processadas, elas se transformam em autoconhecimento e aprendizado, esta que é a deliciosa e desafiadora tarefa dos terapeutas do psiquismo.

O convívio diário com pacientes oncológicos é um inesgotável exercício de negação e de esperança, e, conscientes ou não, temos que admitir que esta estratégia flexível e generosa pode ser um pré-requisito para a nossa sobrevivência.

Quando a Iracema voltou ao consultório um tempo depois, não resisti e lhe perguntei: "Tem certeza que fiz aquela promessa ridícula de rasgar o diploma?". Ela pensou um tempo e concluiu: "Agora que perguntou, fiquei em dúvida. Mas, se não o disse, devia ter dito. Eu teria sofrido menos!".

Como questionar a sabedoria da maravilhosa blindagem cerebral?

OS QUE CUIDAM DOS OUTROS POR NÓS

Que ajudar aos outros é fonte certa de gratificação interior, todos os que experimentaram o gesto sabem bem – e os que não o provaram ainda não têm noção do que estão perdendo.

Numa época em que a Santa Casa buscava apoio de empresários para sair de uma crise crônica que a ameaçava de fechamento, aprendi que a disposição de doar tem uma idade certa, que começa tempos depois da crise de soberba que consome durante anos ou poucas décadas os novos ricos. E falo dos que construíram a riqueza porque, para os que a herdaram, este sentimento, com raras exceções, não ocorre nunca, tão ocupados estão em consumir o espólio com futilidades.

E então chega o momento em que o afortunado, mais maduro, se descobre constrangido por ser muito rico entre miseráveis e se dispõe a ajudar os que, de tão acostumados a não ter, desaprenderam a pedir e nem pensam em reclamar.

Entre os doadores, observam-se curiosas divisões de comportamento: há os que exigem divulgação do feito e quase não há como contentá-los e, em contrapartida, há os mais nobres, que pedem anonimato e, embalados por uma euforia que lhes põe brilho nos olhos e um meio sorriso na boca, saem discretamente, talvez reverberando Madre Teresa, que ensinou: "Não importa o que os outros digam ou pensem. No final, a coisa será só entre você e Deus".

De qualquer modo, tenho mais facilidade de entender os que *também* ajudam e alguma perplexidade com os que *só* ajudam.

Sempre me impressionei com esses abnegados religiosos que dedicam a vida inteira a socorrer pessoas necessitadas num nível de entrega sem limites e que se bastam nesta missão, a comprovar a força e a energia vital que se produz ao fazer o bem.

Um dia desses, numa conversa de café no fim da tarde, uma história emblemática: a freirinha, administradora de uma grande casa de passagem, sempre carente de recursos, improvisou sua barraquinha na frente de um enorme edifício, no coração comercial de uma grande metrópole.

Quando um empresário jovem se aproximou, ela estendeu a mão, que acidentalmente lhe tocou a gravata de seda, e disse: "Uma esmola para os meus pobres!". Ele, irritado com a abordagem, cuspiu-lhe a mão. Ela então, calmamente, limpou a mão direita na batina, estendeu a esquerda e disparou: "Esta cuspida foi pra mim. Agora, meu filho, uma esmola para os meus pobres, por favor!".

DE QUE SÃO FEITAS AS PESSOAS ESPECIAIS

Num janeiro frio e já distante, comecei minha pós-graduação em cirurgia torácica na famosa Clínica Mayo rodeado de medo. Logo na chegada, a primeira descoberta: há uma enorme distância entre o inglês que presumimos falar e o que de fato falamos.

Uma semana depois, por problemas com o entendimento claudicante, fiz uma bobagem qualquer e, tendo percebido a tempo, expliquei ao meu chefe e aos colegas residentes que tudo se devera a um mal-entendido por conta do idioma, mas que já estava resolvido. Apesar das explicações, do meu ponto de vista suficientes já que não houvera nenhuma catástrofe, eles seguiam me olhando com uma cara muito estranha, como se eu fosse um extraterrestre.

Demorei algum tempo para perceber que a admiração não se devia ao erro cometido, até porque errar faz parte do cotidiano de quem está em treinamento, mas sim ao fato, para eles inusitado, de que estavam diante de uma criatura que se alongava em explicações. E os americanos, definitivamente, não estão habituados a justificativas. Esta é uma atitude nossa, muito latina, com um enorme tempo perdido entre dar e ouvir explicações. Aprendi com eles que a necessidade de explicação, numa atividade de grupo, significa antes de tudo que alguém deixou de cumprir a sua parte. Bem fácil perceber que a entrega obstinada no cumprimento das tarefas individuais é uma marca indelével da civilização anglo-saxônica. Podemos até não gostar de tudo o que eles fazem, mas precisamos aplaudir o esforço que despendem para fazer o melhor que podem.

A oportunidade de trabalhar com o professor Spencer Payne, um dos maiores cirurgiões torácicos americanos do século XX, foi muito mais do que o simples convívio com uma técnica apurada e uma cabeça luminosa. Foi também ficar exposto a lições inesquecíveis. Lembro o dia em que ele, com uma agenda de oito toracotomias em sequência, recebeu a notícia de que um amigo fraterno, apaixonado por canoagem, havia morrido afogado nas cabeceiras do Mississippi. Depois de saber pela secretária que o próximo voo para a cidade onde o amigo seria velado só sairia às 18h, ele seguiu operando com irretocável maestria. Nos intervalos, ia ao vestiário e chorava um pouco, até o que o interfone o chamasse para a próxima operação. No meio da tarde, impressionado com seu sofrimento, ofereci-me para operar o paciente seguinte, e ele me disse: "Obrigado, meu doutor, mas acho que não devo parar. Porque, se cumprir toda a minha agenda, hoje à noite só terei a lamentar a morte do meu amigo querido".

Se o assunto era responsabilidade, eu havia recebido a lição mais definitiva e começado a entender de que material são feitas as pessoas especiais.

DE COMO POUPAR TEMPO NA TV

O convite havia sido reiterado com insistência naquele limite que torna impossível a recusa. E assim, empolgado, ocupei um assento na bancada de um programa de TV para discutir criação de filhos com, só soube então, três mães supergraduadas.

O trio exercitou o incrível talento de todas falarem ao mesmo tempo sem perder a conexão com o que cada uma delas dissera, uma habilidade que reconhecidamente é um humilhante atributo feminino. Quietinho no meu canto, aprendi muito, invejei outro tanto.

Quando o programa se aproximava do final, a apresentadora percebeu que eu, além de não ter morrido, ainda continuava ali e, provavelmente considerando que tamanha persistência merecia algum crédito, concedeu: "Meu doutor, desculpe, mas o senhor sabe como são os horários da TV, nós estamos com nosso tempo quase esgotado, mas gostaríamos que, resumidamente, nos dissesse o que considera mais importante na educação dos filhos".

Pressionado para ser conciso, simplifiquei: "Se tivesse que sintetizar, diria que a coisa mais importante é ensiná-los a gostar de massagem desde pequenos".

A apresentadora me fulminou com aquele olhar: "E isso é coisa que se diga a segundos do final do programa, sem tempo para destrinchar essa ideia maluca?". Juro que foi isso que ela pensou – e só não verbalizou por educação. O programa foi encerrado, porque não se brinca com tempo de TV.

Por acreditar piamente naquilo, festejo a oportunidade de explicar as minhas crenças neste resto de crônica, já que não parece provável a continuação daquele episódio e nem se cogita uma segunda temporada. A convicção se baseia no ritual da massagem e tudo o que ele envolve de proximidade, contato físico e calor, que são exercícios mecânicos mas que escancaram portas definitivas para afeto, intimidade, respeito e cumplicidade, esses ingredientes emocionais indispensáveis para a construção de uma relação amorosa indestrutível. Ou alguém imagina que um filho acarinhado assim desde bebê possa trair os pais amorosos adiante na vida? Nem pensar.

Aquelas costinhas macias que ainda ontem couberam na palma de uma mão grande duram pouco, as crias crescem, de repente começam a dar palpite sobre locais preferenciais e intensidade da compressão, e então chega o dia em que eles descobrem quem os massageie melhor do que nós, e ficamos um tempo com as pontas dos dedos carentes. Por sorte o ostracismo dura pouco, porque logo chegam os netos e o ritual recomeça, num círculo airoso destinado a aquecer a velhice.

O José Eduardo tem seis anos e, massageado desde o berço, não pode ver o vô deitado no sofá que já vem de almofada debaixo do braço para deitar de bruços no tapete e ficar com as costas ao alcance da mão. Quando lhe perguntei, lá pelas tantas: "Zé, tem ideia do quanto seu avô ama você?", ele girou a cabecinha para me encarar e disse: "Ah, vô, é que a gente ama junto, e quando ama junto aumenta". Fiquei com medo de machucar, de tanto que espremi aquele loirinho magrela.

Eu queria ter contado esta história naquele programa, mas, sabe como é, o tempo na TV vale ouro!

O SUICÍDIO

O tema segue como um tabu para a sociedade leiga e, incrivelmente, para os médicos. Segundo o professor Antônio Nardi, da Academia Nacional de Medicina, até poucos anos atrás não havia nenhuma aula sobre o assunto no curso de psiquiatria da UFRJ, mesmo que se saiba que há cerca de 33 casos por dia no Brasil e que mais soldados americanos cometeram suicídio no Iraque do que morreram em confrontos militares.

Curiosamente, quando é inevitável falar do assunto porque envolveu um fato histórico como no caso de Getúlio Vargas, raramente o tema é visto do ponto de vista médico, preferindo-se o viés político.

Os dados epidemiológicos revelam que, entre os jovens, de cada 200 tentativas de suicídio, uma se concretiza. Entre pessoas com mais de 65 anos, o risco de morte é maior (quatro tentativas por suicídio).

Segundo o IBGE, a taxa de suicídio no Brasil gira em torno de 5/100 mil habitantes. A região Sul apresenta a maior taxa, em torno de 8 suicídios/100 mil habitantes, e o Norte, a menor, com 4/100 mil habitantes.

Os homens se suicidam quatro vezes mais do que as mulheres, apesar de as mulheres tentarem três vezes mais. Talvez isso se deva ao fato de que elas utilizam meios menos violentos e se preocupam mais em evitar métodos que possam desfigurá-las.

Como a ideia suicida representa um pico agudo e máximo de depressão, o melhor tratamento, pela rapidez da resposta, segue sendo a eletroconvulsoterapia.

A recomendação para reduzir a incidência é o tratamento farmacológico e psicoterápico daqueles pacientes com assumida tendência à depressão.

A tentativa de suicídio é, na maioria das vezes, um pedido extremo de socorro, e todas as ameaças devem ser valorizadas visto que quase sempre se percebe tardiamente que, em algum momento, houve uma sinalização ignorada.

Todos nós, em algum momento, naqueles dias em que nada dá certo, já nos sentimos desesperados. Mas sobrevivemos. O grande dilema é o limite entre a superação do desespero e o recomeço, ou a submissão ao que circunstancialmente pareceu sem retorno e o suicídio.

Estas histórias trágicas são sempre desconcertantes, seja pelo inesperado, seja pelo planejamento metódico e calculista.

Ninguém preveria o desfecho quando, no meio da tarde, ela transpôs a portaria do hospital de transplantes e foi flagrada pelas câmeras falando ao celular. Entrou no banheiro, encostou-se à porta e, algum tempo depois, se deu um tiro na cabeça com um revólver 22 – e ninguém ouviu o disparo. Quando foi forçada a porta porque se percebeu que estava bloqueada por um corpo inerte, ela estava morta. Ao lado do revólver, um bilhete perturbador: "Sou doadora de órgãos".

Concluídos os trâmites legais, o corpo foi removido para o IML, onde seriam vasculhadas apenas as evidências materiais da tragédia, porque o desespero estava explícito no gesto tresloucado – e um último e comovente rastro de bondade ficara lá no chão, rabiscado naquele bilhete.

UM TEMPO ANTES DO FIM

A Heloisa se descobriu com um câncer aos 32 anos e, ilhada na solidão de filha única, fez o possível para represar para si o sofrimento de que pretendia poupar os pais, ambos septuagenários. A cirurgia radical e a quimioterapia agressiva quase os destruiu, confirmando que nunca adoecemos sozinhos. Depois de completado o tratamento, houve uma espécie de trégua para a recomposição da vida tão extemporaneamente sacudida pela ideia da morte.

Três anos depois, quando voltou a emagrecer, atribuiu aquilo ao aumento da atividade física e, com um entusiasmo bem ensaiado, manteve os pais alienados da possibilidade de recaída da doença. No dia em que uma nova tomografia ficou pronta, precisou de um analgésico injetável para fingir animação ao levar os pais ao aeroporto e, na despedida, compartilhar com eles a alegria de uma curta temporada de férias em Cancun. Outra vez sozinha, sentou-se para ouvir o que mais temia: o câncer voltara, e assustadoramente.

No esforço para ajudá-la, tratei de contatar a cirurgiã que a operara três anos antes e o oncologista que comandara o tratamento adjuvante. A primeira disse que, com aquele relato, não podia fazer mais nada e caiu fora. O oncologista recebeu o recado pela secretária e por ela anunciou que retornaria a ligação, e nunca mais atendeu ao telefone. Não devemos considerá-los necessariamente maus, eles apenas não eram suficientemente médicos para este tipo de paciente.

Os terapeutas modernos se dividem em dois grupos: os que tratam a doença das pessoas e os que tratam as pessoas doentes.

Para os primeiros, a incurabilidade de um mal qualquer significa que não há nada mais para ser feito e fogem desses pacientes, assustados pelo fantasma da impotência. Diminuídos na condição de médicos por não entenderem que a nossa principal função é aliviar o sofrimento, são incapazes de qualquer solidariedade e conseguem ser ainda mais desastrosos quando, sem acreditar, dizem aos pacientes: "Calma, vai dar tudo certo!", e os olhos, sempre delatores do que acreditamos, estão anunciando: "Que droga, deu tudo errado!". E a mensagem verdadeira é imediatamente captada pelo pobre paciente.

Que os médicos se tratam tratando os pacientes, todo mundo sabe. Por isso a tendência de festejar os casos bem-sucedidos e de renegar aqueles que não cumpriram o combinado e depois de um tempo, sempre ridiculamente curto, recaíram.

A introdução, ainda incipiente, da disciplina de Cuidados Paliativos no currículo das escolas médicas busca preparar profissionais para cuidar daqueles casos em que a doença venceu a medicina, mas não aboliu, porque isso faz parte de sua essência, a necessidade de aliviar o sofrimento.

A propósito, a palavra *palium* (de paliativo) vem do latim e quer dizer manto, cobertor, tal como o que se ofertava aos guerreiros das cruzadas para protegê-los do inverno e do medo.

Na batalha final, a primeira intempérie a ser enfrentada é o sofrimento físico – e aqui uma observação fundamental: nesta condição, toda queixa deve ser encarada como urgência. Nada mais incompreensível, por exemplo, do que um paciente moribundo gemente de dor num hospital.

Depois, temos que aplacar o sofrimento emocional com seus desdobramentos, familiar e espiritual, e entender que nunca estamos prontos para partir e, portanto, este é também um tempo de reconquistas apressadas, de restaurações afetivas urgentes, de confissões intransferíveis e, sempre e muito, de perdão. Propiciar a alguém que está morrendo a oportunidade de perdoar e ser perdoado é uma apoteose de humanismo e generosidade. O médico que consegue se oferecer como parceiro neste transe, apesar da vontade natural de sair correndo, está içando a arte médica a uma dimensão superior.

Se contribuirmos para que o nosso paciente transponha este umbral, tão triste quanto inevitável, mas sem dor, sem falta de ar, sem remorso e sem culpa, concluiremos que a professora Ana Claudia Arantes tinha razão quando ensinou que "a morte pode ser um dia que valha a pena viver".

UM FILHO ESPECIAL

Quando os pais entraram no consultório, ele recuou para a sala de espera e foi trazido com alguma resistência para conhecer um doutor pelo qual tinha interesse zero.

A baixa estatura, o tronco retaco, os olhos puxados denunciavam a síndrome de Down, mas o jeito como se escondia atrás da perna do pai era idêntico ao de qualquer criança diante de uma situação desconhecida e potencialmente hostil.

O início da consulta foi difícil, a ausculta dos pulmões interrompida por gestos desorganizados e reclamações desconexas, até que ofereci a ele o estetoscópio para que escutasse o meu coração. Meio relutante, aceitou, franziu o cenho e se concentrou. De repente, um sorriso enorme encheu o consultório e junto veio a descoberta: "Pai, o coração dele bate!". Quando inverti o aparelho para que ouvisse o próprio coração, o olhinho brilhou e o lábio tremeu com a revelação: "O meu coração é que nem o dele!".

Com corações iguais, nenhuma identidade poderia ser mais perfeita. E assim, de amizade alinhavada, avançamos.

O pai me confessou que, tendo outros dois filhos normais, ficou arrasado quando descobriu a anomalia genética do menino e temeu por seu futuro – e, por um tempo, duvidou da sua própria capacidade de amar a esta cria tão diferente das demais. Enquanto se atormentava, o Lucas sorria descompromissado, com um monte de afeto arquivado à espera de que alguém o resgatasse.

Aos nove anos, já estabelecido como o centro das atenções da família, foi atropelado ao atravessar, distraído, a rua de casa. A informação de que deveria sair logo do coma provocado por uma concussão cerebral não tranquilizou ninguém.

O irmão mais velho, se sentindo culpado por não ter impedido a corrida destrambelhada rua afora, chorava um choro de varar a alma.

Então, um dia, finalmente terminou a tortura: a cara redonda despertou sem aviso, e a vida daquela família pousou depois de três semanas suspensa no ar.

Em decorrência daquele trauma grave ele esteve entubado e, quando se recuperou, passou a se queixar de falta de ar. Depois de perambular por vários especialistas, finalmente foi feito o diagnóstico de estreitamento da traqueia, como sequela daquele tratamento salvador.

Operar o Lucas, frequentar seu mundinho de descobertas mágicas e desconcertantes e conviver durante uma semana com sua família de amor ilimitado foi um indescritível exercício de humanidade.

Por ocasião da alta, o pai me confidenciou: "Amo muito meus outros filhos, mas tenho medo que eles não entendam o que sinto quando este gordinho abre os braços e, desengonçado, corre pra mim!".

UMA PRAIA E TANTO

Jesse Teixeira, o grande mestre, havia morrido, e uma multidão de amigos e ex-discípulos deixou o Cemitério do Caju condoída pela enorme perda e pela sensação de que naquele momento a cirurgia torácica brasileira encolhia um tanto, amassada pela partida de seu líder mais respeitado.

Era quase meio-dia, e um grupo de cirurgiões decidiu almoçar junto. Era uma chance de rememorar os muitos momentos inesquecíveis de uma lembrança vívida, marcante e carinhosa. A orfandade afetiva, como se sabe, tende a agrupar pelo maior tempo possível os assemelhados no desconsolo.

E então fomos ao Bodegão, um conhecido restaurante português em São Cristóvão.

Um dos cirurgiões estava acompanhado de seu filho menor, um garoto de uns dez anos com uns olhos grandes e luminosos, que acompanhava com interesse, mas em absoluto silêncio, a conversa anárquica dos adultos.

Depois de um bacalhau maravilhoso e muita cerveja, já tínhamos repassado histórias imperdíveis do Mestre e não lembro por qual motivação estávamos a falar das nossas praias preferidas – e cada um tinha a sua.

Foi quando um cirurgião de Niterói, natural do Espírito Santo, descreveu as maravilhas de uma praia linda, pequena, bucólica, perdida no litoral capixaba, com menos de um quilômetro de extensão, demarcada por duas pedras enormes que lhe desenhavam os limites e garantiam uma relativa privacidade.

"Adoro passar o dia lá, recostado na minha cadeira, tomando a cerveja mais gelada e comendo os petiscos que os nativos vão retirando do mar e servindo aos visitantes. Mas o espetáculo maior é o final da tarde. O sol descendo no mar é de uma beleza indescritível."

Quando todos, com aquela tendência à solidariedade que caracteriza a borracheira, já se imaginavam naquela fábula paradisíaca, o tal garoto, provavelmente premido por longas horas de silêncio, decidiu intervir: "Tem alguma coisa errada com essa sua praia, porque só no Pacífico o sol desce no mar!".

Pronto. Estava criado o impasse não apenas geográfico, mas de quebra de hierarquia.

Vendo o desespero do meu amigo, agravado pelo risinho debochado dos seus colegas, resolvi socorrê-lo: "Duas coisas, garoto: primeiro, você não tem nada que se meter em conversa de gente grande. Segundo, tem que aprender que um adulto que passa o dia inteiro tomando cerveja numa praia deserta tem o direito, no final da tarde, de colocar o pôr do sol onde bem entender!".

Restabelecida a ordem das coisas, rimos muito, sublimando um pouco da tristeza daquele dia, e nos despedimos.

Dezesseis anos depois, entrevistava os candidatos à residência em cirurgia torácica quando um dos candidatos entrou, apresentou suas credenciais e, antes de se sentar, anunciou: "Meu pai só pediu que eu lhe dissesse que sou aquele garoto que se negou a aceitar que o sol descesse no Atlântico!".

A parte da entrevista parecia resolvida. O brilho do olho seguia inalterado. Restava agora torcer para que a prova escrita não desmentisse a velocidade mental daquele pirralho insolente.

UMA RESERVA DE AFETO

O ritual se repetia em cada quarto daquele andar do hospital. Entrávamos em grupo, ouvíamos as queixas do paciente, nos revezávamos em perguntas objetivas, coletávamos todos os dados e voltávamos para o posto médico para revisar os últimos exames e definir a estratégia terapêutica a seguir.

A manhã parecia normal até que entramos no quarto do Augusto, um homem de uns cinquenta anos com câncer avançado de pulmão e metástases na coluna que lhe causaram colapso de vértebra lombar e uma dor de muito difícil controle, mesmo com doses maciças de morfina.

A intensidade do sofrimento impunha que propuséssemos alguma coisa objetiva para aliviar o martírio. Quando anunciei que o pessoal da neurocirurgia recomendara a secção de umas raízes nervosas para conseguir a analgesia, ele tinha uma ponderação. Lúcida, realista, dolorosa. "Meus doutores, eu só tenho uma questão: esse procedimento vai melhorar a imagem atual que a minha mulher tem de mim? Porque agora eu não consigo nem virar na cama para tomar um banho no leito sem gritar de dor, e hoje ela encheu os olhos de lágrimas quando percebeu que eu fedo! E eu amo tanto esta mulher que tenho mais pena de morrer por ela do que por mim. Então, se não houver a possibilidade de mudar esta droga de vida, eu gostaria muito de pedir que vocês me deixassem morrer em paz!"

A maioria dos estudantes debandou, soterrada pela incapacidade de controlar a emoção. Quando sentei no leito para segurar a mão dele e oferecer-lhe parceria, única coisa que me ocorreu naquele mar de impotência, haviam restado dois estudantes de olhos marejados ao pé da cama.

Uns dez anos depois, enquanto despachava malas no aeroporto de Barajas, em Madri, fui abordado pelo Ricardo, um ex-aluno da faculdade. Depois da troca das mentirosas amabilidades habituais ("Professor, como o senhor faz para não envelhecer?", seguida do revide: "Você também não engordou nada, nada!"), ele me contou que fizera oncologia e agora estava voltando para o Brasil depois de uma pós-graduação em tratamento da dor, em Milão.

A revelação surpresa aguardou vez na hora do café: "O senhor provavelmente não lembra, mas eu fiquei no quarto do Augusto até o fim naquele dia e ali mesmo decidi ser oncologista. Agora estou pronto para tratar melhor a dor dos meus pacientes. Nunca esqueci quando o senhor nos reuniu para explicar que a doença é só uma abstração da realidade e que ela está presente nos livros, nas tomografias, nos laudos anatomopatológicos. Porque, para o paciente, a única percepção da doença é o sofrimento, e cada pessoa tem uma maneira própria e diferente de sofrer. Eu queria, mesmo que com atraso, agradecê-lo por ter me ensinado que o médico de verdade tem obrigação de penetrar este sentimento".

Receosos de que a sobrecarga de emoção implicasse em excesso de bagagem, nos despedimos.

Muito bom guardar a imagem do olho agradecido do Ricardo como uma reserva de afeto a compensar as desilusões. Essas que não conseguimos evitar.

ROTA DE FUGA

Era um evento social com intenção de homenagem, e havia no clima de confraternização uma quantidade de gestos exagerados e teatrais, como se cada pessoa regesse a movimentação do seu histriônico holofote individual. Nas conversas, cada um parecia querer impor a sua opinião definitiva às custas de decibéis desnecessários, ou então se deixava levar pela tendência abusiva ao elogio pegajoso, essa prática que torna muitos desses encontros torturantes e insuportáveis e nos impele na busca de uma palavra mais autêntica e sincera e, na falta desta, de uma rota de fuga.

Como de rotina, os discursos não tinham nenhuma emoção e, com os superlativos em excesso, até as pausas exasperavam. Sempre imagino que divertido seria se estas solenidades dispusessem de um sistema que alarmasse cada vez que fosse repetido um clichê.

Uma coisa que aprendi sobre esses encontros: sempre que a gente imagina que pior não pode ficar, estamos subestimando a capacidade criativa dos convidados.

A certeza de que vai piorar está assegurada para a segunda metade do evento, quando muitos miligramas de álcool já terão lavado aquele escasso resíduo de senso crítico e só sobra a impressão de que este é o momento de arrasar!

É quando o obtuso se acha interessante e o chato repete o comentário idiota porque jura que só não houve a gargalhada planejada porque a piada – sabe como é? – não foi entendida!

Aquela roda era pequena e, depois da segunda tentativa do chato, houve uma dispersão desorganizada e as pessoas começaram a caminhar sem antes definir a direção – simplesmente se mandaram.

Foi quando, do nada, ela apareceu com uma taça de champanhe na mão e um ar de espanto ensaiado para justificar a introdução: "Juro que hoje de manhã, enquanto tomava café, se alguém me dissesse que no fim do dia eu ia encontrar o Dr. Camargo, eu não acreditaria".

Quase disse "Eu também não", mas não saiu nada – e ela seguiu com a palavra e a única certeza de que iria mantê-la até depois do fim da festa.

"E o seu último livro, que maravilha! Adorei aquela crônica em que você descreve a briga de dois irmãos por uma herança que eles ignoravam até a morte do pai!"

Passei a me interessar pela história, quem sabe daí sairia uma crônica nova, porque aquela que lhe encantara, eu, definitivamente, não havia escrito.

Então ela mudou de assunto: "Já que estamos sós ('Estamos? Mas e essa gente toda nos olhando?'), vou aproveitar para lhe confessar uma coisa: tenho a maior admiração, não, não, eu tenho é inveja da agressividade de vocês, cirurgiões, capazes de arrancar pedaços das pessoas sem nenhum remorso!".

Enquanto eu fantasiava arrancar-lhe a língua só para manter a forma e a fama, um paciente recente me abraçou para se queixar de que o maldito analgésico não funcionara e ainda não tivera uma boa noite de sono desde que saíra do hospital. E então, o tiro de misericórdia: "E o senhor quase me convenceu de que a medicina estava muito adiantada!".

Difícil imaginar que tipo de força maligna agrupara ali aqueles dois ícones da inconveniência. Foi então que olhei com simpatia para o cartaz que instruía: *Em caso de incêndio, use as escadas!*

QUANTO VALE UM ARTISTA?

Alexander Issaiévich Soljenítsin, um autor cristão ortodoxo, foi um desses escritores que conquistaram o mundo com sua arte, reconhecido a ponto de ter merecido o Nobel de Literatura em 1970. Ao contrário de Hemingway, que se aventurava para descrever suas proezas, Soljenítsin narrou magistralmente as peripécias de uma vida que, em liberdade, não escolheria.

Mesmo tendo sido um soldado russo condecorado por sua bravura na Segunda Guerra, foi preso pela NKVD por fazer alusões críticas a Stalin em correspondência a um amigo. Foi condenado a oito anos num campo de trabalhos forçados, a serem seguidos por exílio interno em perpetuidade.

O convívio com presos políticos no Cazaquistão inspirou o livro *Um dia na vida de Ivan Denisovich*. Uma experiência dramática com um câncer linfático que quase o matou serviu de inspiração para o notável *O pavilhão dos cancerosos*. A passagem pelos campos de concentração e os trabalhos forçados do stalinismo inspiraram *O Arquipélago Gulag*, um pungente relato da maldade e da resistência humanas.

Surpreendido pelo galardão do Nobel, percebeu que ir a Estocolmo recebê-lo significaria uma oportunidade ímpar aos seus desafetos, que pretendiam eliminá-lo. Na Rússia, sendo considerado pela comunidade internacional como a maior expressão cultural do país, ele se sentia como que protegido entre seus inimigos. No Exterior, sabe-se lá o que poderia acontecer. Naquela época, não só existiam comunistas como estes eram bem rancorosos.

A sua ausência na cerimônia oficial foi compensada pela publicação do discurso que nunca foi proferido. Nele, depois de depurada a sua amargura pela indiferença do mundo às atrocidades do seu país, o laureado enaltece a função do artista, responsável, por meio da perenização de sua arte, por incontáveis momentos de exultação que podem encantar os reles mortais ao longo dos séculos. A mais linda homenagem ao fascínio da literatura, da escultura, da música e da pintura.

Terminava conclamando as pessoas a abrirem seus corações à emoção gratuita que o artista oferece, sempre com a esperança de que alguém comungue do êxtase que, dia após dia, incendeia a vida de quem faz da arte a razão da sua vida.

Pena que não se consiga ensinar a alguém a percepção desse encanto, mas ele está por aí, soltando chispas. E com um brilho maroto no olho. Um dia desses, terminada uma entrevista sobre saúde com Laura Medina, nos deparamos falando sobre a beleza arquitetônica do centro de Porto Alegre. E ela me descreveu sua experiência com um grupo de teatro que, depois do espetáculo, tarde da noite, costumava caminhar pela Rua da Praia com os braços elevados e olhando para cima, numa mistura fascinante da riqueza arquitetônica da cidade velha e a leveza de um céu estrelado.

A descrição perfeita da capacidade do artista de se deslumbrar com uma beleza que não é percebida pelas pessoas que olham para o chão. E, claro, o tal brilho estava lá, naqueles olhos enormes.

PRESERVE SEUS INIMIGOS

Por uma grave distorção afetivo-cultural, estamos condicionados a reconhecer como amigos apenas aqueles que aplaudem nossas virtudes e são tolerantes com nossos defeitos. Na verdade, estes generosos desprovidos de juízo crítico podem até ser úteis, mas nunca serão indispensáveis porque não contribuem em nada para nosso aprimoramento pessoal, ainda que verdadeiramente desejem ajudar-nos.

Mesmo assumindo o quanto pode ser irritante o louvor vazio dos bajuladores, precisamos admitir que todos, absolutamente todos, dependemos de vez em quando de algum reconhecimento, mesmo que apenas para sinalizar que estamos no caminho certo. Ainda que se aceite que o que as outras pessoas pensam de nós não é da nossa conta, isso não pode nos deixar ilhados em autossuficiência porque, quando toda opinião alheia parece dispensável, enrijecemos, não se devendo ignorar inclusive a possibilidade real de que tenhamos morrido.

Por mais que necessitemos de amigos condescendentes para as horas difíceis e muitas vezes dependamos deles para a sobrevivência emocional, há que se reconhecer que Dalai Lama tinha razão quando ensinou que o inimigo é nosso melhor mestre, porque para enfrentá-lo precisamos utilizar toda a nossa inteligência e sabedoria. Em resumo, não podemos negligenciar o excepcional espelho representado por aqueles que nos fazem sentir incomodados.

O problema começa quando o aplauso é apenas o combustível da vaidade, identificada como o principal obstáculo para que alguém conheça a si mesmo e, como se sabe, sem o autoconhecimento somos as presas mais fáceis.

Então, é aqui que entra a participação do inimigo, como um modelador de comportamentos e depurador de futilidades.

Sem contar que, muitas vezes, uma boa dose de raiva bem utilizada pode ser o fator decisivo entre a inércia pachorrenta e a iniciativa vitoriosa, a demonstrar o papel da fúria como fonte de energia.

Não se imagine que estamos fazendo a apologia da inimizade, longe disso – os inimigos devem ser restringidos ao mínimo indispensável, mas numa sociedade narcisista e competitiva há os rivais inevitáveis, e nisso estamos todos de acordo. Reconhecendo-se que quem faz irrita quem não é capaz de fazer, compreender-se-á porque a mediocridade é a arte de não ter inimigos.

Por estas e outras razões, o escritor colombiano Nicolás Buenaventura Vidal explica com humor e inteligência as razões para cultivarmos bons inimigos:

• Um bom amigo pode nos abandonar, nos trair, nos decepcionar e até nos trocar por outro... Mas um bom inimigo é para a vida toda.

• Os inimigos sempre dizem a verdade, sobretudo quando dói.

• De um amigo nunca se sabe o que esperar, mas, dos inimigos, sempre se pode esperar o pior.

Podemos até questionar os conceitos de Buenaventura, mas não há dúvida de que a grandeza da tarefa de um homem se mede também pela qualidade de seus inimigos, e ninguém discorda de que é deprimente suportar o rancor miúdo, obtuso e picotado de uma legião de desafetos medíocres.

Por isso, selecione inimigos qualificados e preserve-os, respeitosamente.

O REENCONTRO

Defendi desde sempre a teoria de que devemos evitar os reencontros com pessoas que não vemos, sei lá, há mais de vinte anos. A justificativa racional é que este tipo pode ter sido um grande parceiro, gentil, carinhoso, solícito, disponível e tudo de bom, mas a longa abstinência sem morte trouxe uma verdade irrefutável: ele não era indispensável.

Partindo-se deste princípio, é muito provável que o reencontro, programado ou acidental, se revele desastroso. Certamente teremos duas pessoas que a distância se encarregou de tornar tão diferentes que, agora sim, parecem mesmo dois estranhos absolutos. E não por culpa de ninguém: a vida faz isso com naturalidade, e nós nem percebemos o quanto mudamos porque fomos junto com a mudança, mas, quando nos confrontamos com um ex-companheiro de outra era e lugar, não nos reconhecemos nele e, mais do que isso, nos assustamos tanto com a descoberta que de repente nos sentimos desconfortáveis em tentar reerguer rapidamente uma afinidade que o tempo se ocupou de dilapidar, lenta e completamente.

Surpreendidos pelo impacto do encontro não planejado, a primeira tendência é a de recuperar as histórias que à época consideramos muito engraçadas, só para descobrir que agora já não o são mais e ainda têm grande probabilidade de parecerem apenas ridículas. E nada a ver com pretensão ou arrogância, mas tudo por culpa do inevitável refinamento do nosso senso de humor. Ou alguém discorda de que na juventude nós ríamos rigorosamente de qualquer coisa?

Com todos estes ingredientes, o reencontro pode ser ainda mais traumático quando ocorre no exterior – então, distante dos pagos, qualquer gesto menos carinhoso será interpretado, com justiça, como deserção afetiva. E a pecha de mascarado não orgulharia ninguém depois de um encontro marcado pela iniciativa aleatória do destino.

Numa noite de terça-feira, sem atividade no congresso americano de cirurgia torácica, decidi ir ao cinema para passar o tempo. Na saída, a surpresa de encontrar ali um colega missioneiro que não via desde os tempos da faculdade.

O esforço pela descontração foi bilateral e simétrico, mas, depois de cinco minutos, estávamos exaustos e já havíamos repetido três vezes o clichê: "Mas que mundinho pequeno!". Tínhamos relembrado de passagem alguns episódios do centro acadêmico e revisado o obituário com algumas mortes extemporâneas, naturalmente.

Esgotado o repertório das lembranças e das condolências, só restava atualizar a conversa, na tentativa desesperada de controlar a vontade cada vez maior de sair correndo. Ele me contou que tinha ido à Florida para visitar o irmão que vivia ali havia muitos anos e que como eu (veja a coincidência!), não tendo o que fazer, decidira ir ao cinema.

Não havia nenhuma garantia de estabilidade naquela conversa, mas a volta ao presente soava mais confortável e, com a intenção de mantê-la assim, perguntei o que me pareceu uma continuidade previsível: "E então, gostou do filme?".

E ele, com a mesma supersinceridade que o tempo não maculara, confessou com uma naturalidade comovente: "Mas, tchê, gostar até gostei, mas que falta me fizeram as legendas!".

Na volta ao hotel, mais de uma vez, o motorista do táxi virou-se para trás para tentar entender por que aquele tipo ria sozinho.

Depois que passou a graça da confissão espontânea, dormi gratificado pela generosidade do acaso, que colocou no meu caminho aquele modelo de criatura capaz de envelhecer sem a hipocrisia do convívio social e, despreocupado de aparentar, gastou a vida na simplicidade de ser. Uma pena as décadas perdidas até reencontrá-lo!

Na noite seguinte, fui ao cinema outra vez. Podia ser que ele continuasse desocupado.

O PACTO

O tumor de Askin é um câncer raro que acomete, em geral, crianças e adolescentes surpreendidos numa fase da vida em que a doença, mais do que cruel, é incompreensível. Por isso há tanta perplexidade no olhar das crianças que povoam as enfermarias de oncologia pediátrica.

Sacudidos desse pesadelo, é comum que emerjam verdadeiros heróis, impulsionados por uma energia que ninguém supunha possuir – e aqui se incluem os pais e os avós.

Nunca sabemos a força que temos até que a morte deixe de ser uma hipótese remota e toque à campainha.

O Brian, na inocência dos seus seis aninhos, passara pelo diagnóstico fatídico e, sem entender nada, ingressou num programa de quimioterapia preparatório para a cirurgia, durante o qual perdera os cabelos e a espontaneidade do sorriso. Agora, tinha um ar arredio e desconfiado. Com frequência era visto apalpando o peito, onde três meses antes uma dor persistente denunciara a presença do tumor no começo da história. Enquanto inspecionava o recanto do inimigo, os pensamentos daquela cabecinha loira aparentemente se tornaram mais táteis e introspectivos.

Raramente falava e, quando o fazia, era tímido e incompleto. Nossa primeira consulta teria sido um monólogo se não fossem as questões angustiadas da mãe.

Quando perguntei se torcia para o Grêmio ou para o Inter, não ouvi mais do que um resmungo: "Avaí". Resolvi provocá-lo: "Pois então temos um problema, porque eu só trato gremistas e você vai ter que mudar!". Naquele "Então tá" não havia nenhum indício de convicção, mas fiquei contente com o meio sorriso que finalmente arranquei a tanto custo.

No dia anterior à cirurgia, depois das explicações indispensáveis, ganhei um toque de mão fechada quando garanti que ele acordaria da anestesia sem dor. Esta, sim, era uma coisa para se prometer. Já à porta, afirmei que no sábado ele estaria de volta ao quarto porque, afinal, no domingo teríamos um Gre-Nal para torcer. Aquele sorriso esparramado na carinha pálida tinha o significado de um compromisso.

Quando fui vê-lo na UTI, uma hora depois da operação, ele estava gemendo de dor.

Alguma coisa da droga da analgesia peridural não funcionara. Tentei explicar-lhe que aquilo já se resolveria, mas ele pareceu não ouvir. Apertou meu braço com raiva e disparou: "O seu Grêmio vai perder!".

Revoltado pela promessa não cumprida, ele não titubeara em usar a única arma que, na sua percepção infantil, poderia me atingir.

Não tocamos mais no assunto, mas, por ocasião da alta, abraçados com aquele encanto de amigos recém-descobertos, ele me confidenciou: "Não consigo torcer para eles. Não aguento esta história de campeões de tudo".

O garoto estava salvo! O Grêmio passara a ser *nosso*, e estávamos reconciliados. E, em se tratando de tricolores, todos sabem, ou deveriam saber, que este tipo de pacto não tem a efemeridade de uma dorzinha qualquer.

NÃO HÁ COMO EVITÁ-LOS

> "Há duas espécies de chatos: os chatos propriamente ditos e os amigos, que são os nossos chatos prediletos."
>
> Mario Quintana

Os chatos têm passe livre, circulam em todas as áreas e se sentem perfeitamente à vontade porque possuem aquela leveza que lhes confere a completa falta de autocrítica.

A julgar pela frequência com que renomados cronistas têm se ocupado em descrevê-los, a legião é enorme e de distribuição universal.

Na medicina, a variedade é imensa e, quando um grupo de médicos começa a descrever os modelos, se percebe claramente que eles se repetem como padrões de comportamento.

Há o chato do consultório e o chato do hospital, há o chato do convênio e o muito chato que se diz amigo do dono do convênio, todos com características próprias e arrasadoras.

O chato do consultório, instado a contar a sua história, nunca sabe por onde começar, mas, quando finalmente embala, não para mais e se prende a detalhes irritantes e inúteis. Como o chato internacional: "A primeira vez em que eu senti esta dor estava no Egito, não, não, não, no Marrocos, em 1991". Este chato quase sempre é casado com uma chata minuciosa e perfeccionista: "Queriiido, a gente esteve no Marrocos em 1995, lembra?".

Um chato mais raro, mas muito interessante, é aquele que conta a história olhando para a mulher e buscando a aprovação dela, e acabam debatendo sintomas como se o médico tivesse saído da sala.

O chato rancoroso quase sempre é uma mulher e antes de começar a consulta já anuncia: "Na semana passada, consultei com o Dr. Fulano. Esse se acha muito, nem me olhou, que homem nojento!".

Um bem comum é o chato que se senta na frente do médico com uma enorme sacola desordenada nas mãos e fica selecionando quais exames, na opinião especializada dele, vale a pena mostrar para este infeliz que ele veio consultar: "Este aqui é do coração, então não adianta mostrar... Este aqui também não é da sua área...".

Há o chato aproveitador: "Doutor, antes de começar queria lhe dizer que faltei ao trabalho para a consulta e, como o senhor atrasou quase uma hora, não vai adiantar eu voltar lá. Imagino que o senhor não vai se negar a me dar um atestado para o dia inteiro, pois não?".

Outro chato frequente é o intimidador: "Já vou avisando que o meu caso não é fácil. O senhor é o oitavo médico que eu consulto e até agora nada" (quer dizer: ninguém se surpreenderá se o senhor também errar!).

O desconfiado é indefectível: "O senhor já fez esta operação antes?".

Talvez o mais difícil seja o incrédulo intimista: "Vim ouvir a sua opinião, mas já vou adiantando: eu não acredito que tenha um câncer porque não sinto nada, e ninguém conhece meu corpo melhor do que eu!". Neste grupo, um chato mais requintado chamaria o corpo de "organismo".

Se você veio até este parágrafo, vou ter que explicar: esta coluna tem um tamanho pré-estabelecido, ao contrário do universo dos chatos.

Pode parecer chato, mas vou ter que parar por aqui.

MODELOS QUE SE RENOVAM

Eu imaginava que, quando descrevesse alguns modelos de chatos, outros se incorporariam, mas não contava com tantos. E, para confirmar que seguem um padrão de comportamento, não encontrei nenhum original entre os compartilhados.

Vamos a eles.

O diagnóstico de câncer estremece também à família do paciente, que faz todo o possível para protegê-lo numa crença quase generalizada de que ele não deve saber de nada. Essa conduta criou um tipo de chato muito conhecido dos oncologistas: o que manda um bilhete orientando o médico sobre como agir!

Outros, menos sutis, entram no consultório antes do paciente, passam as instruções e voltam para buscar o infeliz que, naturalmente, deve achar normal toda aquela agitação.

Aparentemente, considerando que aquela situação também é novidade para os médicos, há os que ficam fazendo caretas didáticas, guiando o terapeuta inexperiente durante a consulta.

Há o chato que, acompanhando a esposa na consulta, recebe um chamado pelo celular, pede desculpas porque "Este eu preciso atender" e então se levanta, se afasta dois metros e põe em ordem a agenda semanal da transportadora, protegido por alguma membrana invisível e à prova de som.

A modernidade trouxe o chato pretensamente bem-informado: "Gostaria de lhe antecipar que andei estudando o meu caso na internet e acho que não é nada grave!" – e com esta cultura do improviso nos submetemos ao constrangimento de desperdiçar um precioso tempo a debater com um leigo um assunto eminentemente técnico. Claro que sempre dá para piorar: "E o senhor leu a última matéria na *Veja*? A quimioterapia com aquela tal de cisplatina já era!".

Todo mundo já enfrentou o chato solidário que ao final da consulta pergunta: "O senhor se incomodaria de dar uma olhada nesta radiografia do meu irmão, que sempre fumou muito e agora anda sentindo uns tremores no peito e quer saber se não pode ser do coração? E se o senhor pudesse dar um atestado para ele se encostar pelo INSS, porque tem dois filhos com problemas de drogas...!".

Há também o que quer impressionar o médico e, na maioria das vezes, no final, se revela um péssimo pagador de contas: "Fiz estes exames no Einstein e gostaria que o senhor desse uma olhada, mas, se precisar repetir, não relute e, por favor, acredite: em se tratando da minha saúde, eu não meço despesas!". Sei.

Um dia desses, numa rodinha de café no fim da manhã, alguém anunciou um tipo de chato pretensamente novo, mas que se revelou conhecido de todos: o chato que mantém um arquivo com todos os exames em ordem cronológica e que faz questão de que revisemos todos, principalmente aqueles que ele acha que são importantes. Decidimos rotulá-lo como o chato do portfólio, e logo assumiu um lugar de destaque nesta galeria que não para de se expandir.

Neste ritmo de crescimento, desculpe, mestre Hipócrates, mas vamos ter que revisar as promessas!

COM GENTE É DIFERENTE

O ritual se repete, porque ninguém abre uma empresa para fracassar.

Depois de identificado o ramo mercadológico mais viável e estabelecida a localização que mais favoreça o negócio, se inicia a busca por profissionais adequados ao projeto. E em tempos de penúria de empregos confiáveis, a menos que se trate de uma anacrônica fábrica de suspensórios, haverá uma enxurrada de currículos escorrendo pelo balcão dos recursos humanos.

Competência, rapidez mental, treinamento, experiência prévia, liderança, antecedentes de fidelização, relacionamento pessoal e ambição profissional são alguns dos itens esgrimidos nas entrevistas, todas tentando encontrar o funcionário ideal, comprometido e definitivo.

Obviamente, o selecionado para trabalhar numa máquina trituradora de lixo e o candidato a restaurador de obras de arte não terão o mesmo perfil, posto que frequentam diferentes sites de busca.

Mas entre os extremos de rudeza e doçura circulam os que foram selecionados para trabalhar com pessoas, e desses se espera toda a flexibilidade emocional para conviver com angústia, pressa, intolerância, carência afetiva, preconceito, gentileza, deboche, estupidez, afeto, fingimento e solidão – ingredientes constantes, ainda que em doses variáveis, do caráter dos seres civilizados.

Por trás dos destemperos verbais e às vezes físicos observados em todos os setores de serviço, haverá sempre o descompasso entre o pretendido por quem chegou e o disponibilizado por quem estava lá, supostamente à espera de servir.

Infelizmente, a mercadoria mais requisitada tornou-se peça rara: o prazer de ajudar. E muitas vezes na contramão da exigência básica para quem se dispõe ao contato com o público está um azedo com um crachá indefectível: o olhar de intervalo. É aquela mirada rasante que passa a centímetros da sua sobrancelha, mas nunca encontra o seu olhar suplicante. E ele jamais encara o cliente potencial, porque não está interessado em estabelecer vínculo com ninguém que venha a interromper seu ócio.

Pois este atravanco ao desenvolvimento social pode estar agora mesmo espantando fregueses na sua lancheria, atrasando a vida das pessoas na sua farmácia, irritando clientes no seu cartório ou humilhando velhinhos na fila do banco que você gerencia com tanto orgulho.

E, se você dirige um hospital, tenha cuidado: este tipo invariavelmente se envolve em brigas violentas porque, quando do outro lado do balcão está alguém com dor ou um aflito devido à falta de notícias do filho acidentado, o nível de tolerância cai muito. Compreensivelmente.

Já que gostar de gente, matéria-prima carente nestes tipos, é algo que não pode ser ensinado, economize o tempo perdido com treinamentos inúteis e demita-os.

Na semana passada, encontrei um desses modelos jogando as malas com violência nas esteiras do aeroporto. Menos mal: elas não sentem dor.

A TRISTEZA E A FÚRIA

Há tantas e tão imprevisíveis maneiras de se expressar sentimentos que desconfio de que os psiquiatras trabalhem, na avaliação inicial, com modelos padronizados numa espécie de triagem emocional, que servirá para definir em qual escaninho operacional aquele distúrbio será colocado.

Mais ou menos o que fazemos com as grandes síndromes de urgência no pronto atendimento.

Convivendo com familiares desesperados pela iminência da perda, é comum flagrarmos destemperos grotescos de pessoas tidas pelos seus como indivíduos pacatos. O turbilhão de conflitos que permeia estas relações agudizadas pela mistura de medo, ansiedade, impotência e culpa exige do médico grande maturidade e firmeza para que se restabeleça a ordem onde todas as setas apontam para o caos.

Quando a moça da recepção pediu ajuda porque um tipo agressivo ameaçava bater em todo mundo se a mãe não fosse internada logo, a fúria parecia descabida.

A velhinha, com um ar de alienação pacífica, tinha como única queixa uma leve dor de cabeça recorrente nos últimos anos. Quando me dirigi ao bagunceiro e perguntei que tragédia se abatera sobre ele para deixá-lo com tanta tristeza, houve uma pausa, como se todos os gestos tivessem sido congelados. Como que atingido em pleno voo, ele se encolheu, se sentou e começou a chorar. "Deus não tinha o direito de levar minha filhinha." Ali, sim, havia uma dor de verdade.

Quando o encontrei, dois dias depois, na lancheria do hospital, ele se sentou comigo, pediu desculpas outra vez e perguntou: "O senhor é algum adivinho? Como é que sabia da minha tragédia?".

Então compartilhamos um café e contei a ele uma história que li muitos anos atrás num livro de contos de Jorge Bucay, um psiquiatra argentino:

"Num reino encantado, havia um lindo bosque e, dentro dele, um lago de águas transparentes nas quais se refletiam todas as tonalidades do verde. Neste lugar maravilhoso se acercaram para se banhar, fazendo-se mútua companhia, a tristeza e a fúria. As duas tiraram as roupas e, nuas, entraram no lago. A fúria, apressada como sempre está, urgida sem saber por que, banhou-se rapidamente e mais rapidamente ainda saiu da água. Acontece que a fúria é cega ou, pelo menos, não distingue claramente a realidade. Por isso, apressada e nua, pôs ao sair o primeiro vestido que encontrou. E aconteceu que aquele vestido não era o dela, mas o da tristeza... E assim, vestida de tristeza, a fúria se foi. Indolente e serena, disposta como sempre a ficar onde está, a tristeza terminou o seu banho e, sem pressa, lenta e preguiçosamente, saiu da água. Na margem, deu-se conta de que a sua roupa já não estava ali. Mas, como todos sabemos, se há coisa que não agrada à tristeza é ficar desnuda. Por isso, vestiu a única roupa que havia por ali: o vestido da fúria. Conta-se que, desde então, muitas vezes nos deparamos com a fúria, intransigente, cega, cruel e agastada. Mas, se olharmos com atenção, veremos que esta fúria não passa de um disfarce e que, por trás, na realidade, está escondida a tristeza."

Ficamos abraçados um tempo, e então ele insistiu em pagar o café.

A PRESERVAÇÃO DA DIGNIDADE

O entendimento da importância da prevenção, a crescente rotina dos exames periódicos, os avanços tecnológicos da medicina propiciando a antecipação do diagnóstico de doenças potencialmente curáveis e o manejo mais competente das enfermidades já instaladas têm aumentado, a cada década, a expectativa de vida média da população em todo o mundo.

Mantidas as curvas de aumento de longevidade, estaremos autorizados a anunciar que os jovens que hoje têm vinte anos de idade deverão chegar aos 120, sem sustos.

Teoricamente, sempre devemos festejar a possibilidade de viver mais, mas parece altamente recomendável que, projetada esta nova realidade, comecemos a nos preocupar com o que fazer com os nossos velhinhos no futuro – porque o nosso desempenho com os atuais é, em geral, constrangedor.

O aumento da expectativa de vida não pode significar apenas uma ampliação do intervalo entre o início da aposentadoria e o fim da vida. E por uma razão muito evidente: a perda da utilidade é, seguramente, a mais degradante das mortes, e uma sociedade envelhecida só será feliz se souber aproveitar a sapiência da velhice em vez de se conformar com a frustração da inutilidade.

A lerdeza dos movimentos, a redução do entusiasmo para atividades sociais barulhentas, a mudança dos hábitos de sono e a frequente incapacidade dos mais velhos de se adaptarem à eletricidade da vida moderna acabam isolando o idoso. E por mais que a família se esforce não consegue disfarçar o peso que ele representa com a intransigência do seu ritual conservador.

Neste descompasso de atitudes e gostos, nada o mutila mais do que a morte do cônjuge, condenando-o ao desterro da solidão sem parceria.

E aqui entra a figura do cuidador, um personagem cada vez mais valorizado a julgar pela demanda crescente e pelos salários compensadores.

O Manoel Maria foi operado de um câncer de pulmão na década de 90, e o reencontrei quase vinte anos depois, bem velhinho, viúvo, cuidado por uma sobrinha desempregada que tomava conta de todas as tarefas, incluindo pagamentos de carnês, recebimento de aposentadoria e outras despesas.

Um dia, chamado para vê-lo no lar geriátrico devido a uma dor no tórax, encontrei-o acabrunhado com o extrato bancário nas mãos. Quando perguntei o que o abatia, ele me disse: "Ela é minha única parente próxima, minha bengala e minha herdeira. Não tenho mais ninguém a quem recorrer. Acontece que não consigo evitar a depressão ao verificar que ela me rouba regularmente. Mas é preferível isso a não ter ninguém com quem conversar. Então, só me resta uma solução: vou ligar para o gerente e pedir que não me mande mais relatório algum".

Entre a tristeza da solidão e a iniquidade da rapina, ele preferira proteger-se com o escudo do silêncio. Era só o que lhe restava na preservação da dignidade.

Prolonguei o abraço do adeus com o desespero de não saber como consolá-lo.

A DOR DO OUTRO

Por mais que a modernidade tenha se esmerado em extinguir o formalismo das relações humanas, e os redutos de resistência sejam muitas vezes tratados como retrógrados, não há como negar que, em algumas situações, a ausência de formalidade encolhe o acontecimento por banalização.

É intrínseco da natureza humana nos sentirmos desprestigiados quando o que consideramos importante é tratado como trivial. E não há modismo que torne aceitável o jeito desleixado de tratar os momentos marcantes das nossas vidas.

Além disso, existem situações que não se justificam se delas for retirada a formalidade: é e sempre será assim na declaração de amor, no pedido de casamento, na cerimônia de formatura, no anúncio de uma demissão ou na comunicação da morte.

Se já ficamos desconfortáveis quando uma notícia boa é desmerecida, é muito mais inesquecível a mágoa se houver desconsideração no sofrimento. Por isso o cerimonial da notícia ruim é tão relevante e tão revelador de o quanto estamos comprometidos com a dor do outro.

Aquela futura mãe curtiu intensamente uma primeira gestação em que tudo fora planejado em detalhes e, num misto de incompreensão e perplexidade, foi surpreendida com a notícia de que o parto devia ser antecipado porque fora detectado um defeito genético no feto.

Após realizada a cesárea na sua cidade, o Eduardo então foi levado pelo pai para uma unidade de alta complexidade em neonatologia na capital. Foi comovente o relato da mãe que não teve tempo sequer de tocar o bebê recém-nascido. E absurda a descrição da insensibilidade da médica que comunicou a ela, horas depois, que o defeito gravíssimo era praticamente incompatível com a vida. Diante do choro previsível, uma pérola de consolo: "E trate de ser forte, porque você não é a primeira e não será a última mãe a passar por isso".

A via-crúcis estava apenas começando e, entre as várias tentativas de correção dos defeitos múltiplos, que incluíram uma demorada cirurgia cardíaca, e a morte decorreram quase onze meses. Neste tempo marcado por insônia, impotência, choro e desespero, o único consolo além da família foi a companhia da Ju, uma atendente, mulata do sorriso meigo, da palavra consoladora, da cumplicidade generosa e do silêncio solidário.

Esgotados os recursos, batalha finda, exaurida de dor e desesperança, com nada mais para oferecer ou modificar, a Ju ainda foi capaz da última palavra: "Mãezinha, agora é a sua vez de entrar lá e dizer ao Dudu que sabe que ele fez tudo o que podia. E não esqueça de agradecer por ele ter sido esse anjo que Deus colocou na sua vida para que seja uma mãe ainda melhor para os muitos filhos que terá no futuro!".

Para comprovar que afeto e desconsideração no sofrimento deixam marcas indeléveis e definitivas, já se passaram doze anos, mas a lembrança doce, disponível e amorosa da Ju continua lá, irretocável na preservação das palavras e dos gestos de carinho espontâneo.

A HUMILHAÇÃO

O Walter jogou bola durante a juventude na Paraíba e, quando se mudou para o Rio de Janeiro, limitado por uma lesão recorrente de menisco, aderiu ao remo, no qual encontrou uma paixão que o acompanhou por quase trinta anos. No final dos anos 1990, o tabagismo pesado, hábito que sempre contrastara com a vida atlética e regrada, começou a cobrar seu preço. O passo ficou mais curto, as vitrines se tornaram escalas obrigatórias de descanso, o banho deixou de ser relaxante para se tornar um martírio ensaboado e o sexo foi arquivado no memorial.

A constatação de que a cada semestre as limitações se multiplicavam serviu para minar sua autoestima e restringir o círculo de amigos, que não conseguiam dissimular o fato de que aquele ex-atleta se tornara, por contingências, também um ex-parceiro. Advogado antes requisitado, passou a transferir trabalho e a abrir mão de casos mais complicados por cansaço antecipado, única certeza de que lhe assegurava o peito arfante ao menor esforço.

Recluso numa mansão espetacular, acelerou o hábito da leitura, único veículo capaz de transportá-lo para os lugares que fantasiasse, aliviado por descobrir que a imaginação não usava oxigênio como combustível.

Num passeio despretensioso pela internet, deparou com um site que apresentava o transplante de pulmão como uma alternativa promissora para as pneumopatias terminais, sendo a indicação mais frequente entre elas o enfisema pulmonar. Esse dia passaria a ser referido no futuro como o da iluminação.

Uma semana depois, com uma sacola de oxigênio a tiracolo e um enorme esforço para disfarçar a ofegância agravada pela ansiedade, ele se sentou à minha frente para ouvir o que fosse. Segundo confessou depois, precisava dar um fim àquela angústia despertada pela possibilidade, por mais remota que parecesse, de acabar com o martírio. Por bem ou por mal. O lábio tremia quando me confessou o quanto receava que aquela luz no fim do túnel fosse só o olho dele brilhando.

Poucos pacientes se esforçaram tanto para lograr a melhor condição pré-transplante, e não me lembro de ninguém que tenha recebido a notícia de um doador compatível com tanta naturalidade.

No pós-operatório, deslumbrou-se com a recuperação de um fôlego que nem lembrava mais pudesse ser tão leve e solto, confirmando que o sofrimento arrastado durante anos e subitamente varrido pelo transplante produz os pacientes mais felizes e agradecidos que a medicina moderna poderia forjar.

Às vésperas de ir embora, quis saber quais os seus planos futuros e cheguei a sugerir que, na condição dele, eu provavelmente sairia pelo mundo a recuperar o tempo perdido.

"Acontece que ainda não estou pronto para esta comemoração. Para recomeçar minha vida preciso recuperar minha autoestima, e ela foi atropelada lá no Rio, onde aceitei alguns acordos vis submetido à fraqueza de não ter fôlego para argumentar. Acredite, doutor, esta é a maior humilhação a que se submetem os que têm falta de ar. O homem que preciso voltar a ser está soterrado por uns dezesseis pactos desfavoráveis que o miserável enfisema me impôs. Depois desse resgate, talvez eu viaje. E, então, para fora de mim!"

Havia uma certa gana naquela frase final. E justo na dose que torna doce a vingança.

A MAGIA DO PRIMEIRO CONTATO

Muitas relações médico-paciente começam mal e nunca mais se aprumam porque a quebra de expectativa para o doente é hipertrofiada pela sua condição fragilizada e então, como cantou Chico, qualquer desatenção, faça não, pode ser a gota d'água.

A dissintonia tende a ocorrer na medida em que a consulta para o paciente é esperada com uma ansiedade de ressurreição e é usualmente vivida pelo médico como mais um atendimento da agenda infindável. E a rotina, como se sabe bem, tende a mirrar as relações afetivas.

É virtualmente impossível ao médico manter o foco naquele paciente como se ele fosse o primeiro do dia e o último da vida, mas é assim que imaginamos merecer tratamento quando adoecemos. Poucos médicos conservam a noção de que a sua personalidade, rígida ou carinhosa, é a primeira droga que se administra ao paciente.

A valorização do primeiro encontro pode ser planejada ou espontânea, mas o paciente tem que se sentir especial. O Paulinho Zanoni como residente tinha uma estratégia que, a julgar pela quantidade de presentes que ganhava no ambulatório do SUS, funcionava muito bem. Terminada a consulta, ele acompanhava o paciente até a porta, de onde voltava abraçado com o próximo. Não havia perda de tempo com este ritual porque, afinal, aquele trajeto tinha mesmo que ser percorrido pelos dois doentes em sentidos opostos. A diferença era o espírito amistoso e agradecido que se instalava naquele percurso de vai e volta.

Naquelas poucas semanas em que a mídia se interessou pelo desempenho dos emigrantes do Mais Médicos, foi constrangedor ouvir uma entrevista de um negro velho que, ao sair do consultório, confessou que não tinha entendido quase nada do que o doutor falara e esperava melhorar a compreensão da próxima vez, mas mesmo assim estava maravilhado porque "O doutor me olhou, três vezes!".

Pobre medicina em que alguém é elogiado porque foi capaz de um gesto tão elementar!

A Clarice tinha sete anos e estava internada por mais uma descompensação da sua fibrose cística. Quando entrei no quarto, ela soluçava baixinho, mas os olhos inchados revelavam uma tristeza arrastada.

Ao perguntar a ela por que chorava, Clarice virou a cara, quase desaparecendo embaixo do cobertor grosso, e disse simplesmente que queria ir embora. Diante da insistência, deu o motivo mais inesperado: "A minha doutora Eleonora saiu de férias e ela era a única que aquecia o estetoscópio antes de encostá-lo as minhas costas!".

Certamente, a rudeza do toque gelado na pele delicada era a expressão do desapreço pela carência daquela menininha que, precocemente, aprendera o quanto o frio do metal afrontava a sua necessidade de calor. Qualquer forma de calor.

A PUREZA DAS PESSOAS SIMPLES

Um grande e permanente ponto de conflito na relação médico-paciente é a distância entre aquilo que o médico faz como rotina e o que é percebido pelo paciente como um momento emocionalmente inesquecível e marcante. Se considerarmos que a maioria das pessoas tem uma vida muito pobre de emoções, entenderemos por que uma doença qualquer poderá ser arquivada como memorável por quem foi personagem daquela história, mesmo que aos olhos do médico experiente tenha parecido uma banalidade.

Por isso no jogo de sedução e conquista que caracteriza esta interface com o paciente é tão importante que os médicos, sem pré-julgamentos, ouçam o que os pacientes pensam do que está acontecendo e não cometam a tolice de subestimar o sentimento de quem, com graus variados de percepção ou fantasia, está se sentindo ameaçado e vulnerável.

Como o rompimento afetivo resultante da desconsideração é irreparável, todo profissional que tenha interesse em ser reconhecido como O médico de algum paciente deve se preparar para o primeiro encontro. Ou no mínimo se questionar se ele está pronto para corresponder à expectativa de quem, com frequência, aguardou aquele momento por semanas ou meses.

Quando a Maria Cândida entrou, não consegui pensar em outra coisa. Tudo nela revelava esmero e capricho, a começar pelo cabelo preso num coque assimétrico para acomodar um chapeuzinho de pano cinza, lateralizado para a direita. A pequena bolsa de crochê girava nas mãos nervosas quando perguntei no que podia ajudá-la.

Houve um silêncio, e cheguei a suspeitar de que fosse surda, quando então ela abriu um envelope pardo e dele retirou quase uma dúzia de cartelas. Toda a sua história recente, tudo o que lhe interessava contar estava ali, cartela após cartela.

Há seis anos sofrera um derrame e, por conta disso, um coma prolongado durante o qual esteve por quatro semanas em ventilação mecânica com uma traqueostomia implantada depois de doze dias. Como sequela do ocorrido não conseguia falar, apesar da recuperação neurológica quase completa. Um estreitamento da traqueia impedia que o ar passasse para cima, e ela respirava por uma cânula no pescoço, escondida pelo cachecol. Nos últimos anos, comunicava-se por aquelas cartelas, nas quais escrevia com grande rapidez, favorecida por ser ambidestra.

Tendo chegado a minha vez de explicar o que faríamos, ela foi ficando progressivamente mais animada, e o entusiasmo crescente funcionou como um blush no súbito colorido das bochechas.

Sentou-se na borda da cadeira para absorver melhor os comentários otimistas sobre a tomografia e a minha expectativa de que voltasse a falar imediatamente depois que a zona estreitada da traqueia fosse removida e restabelecida a passagem normal do ar para a laringe.

Como nem tudo estava previsto, no auge da animação ela pediu um tempo, apanhou uma cartela em branco e, exultante, improvisou: "Gostei muito das suas mãos!".

Ao terminar a consulta e tendo combinado a internação para a cirurgia a seguir, ela ainda conservava duas cartelas, apertadas contra o peito.

Quando quis saber o que continham, ela espiou uma e selecionou a outra – e plena de doçura me alcançou uma caligrafia perfeita: "Eu quero me tratar com o senhor".

Como provocação, disse que só aceitaria operá-la se ela mostrasse o que continha a última cartela, que ela já se apressava em devolver ao envelope pardo.

Pressionada, ela entregou-a, meio encabulada. As legendas eram maiores do que as das outras cartelas e o texto, revelador dos maus tratos em atendimentos prévios: "Você deveria cuidar melhor das pessoas".

Sem dúvida, estávamos diante de uma mulher prevenida.

A SOLIDARIEDADE DOS EXCLUÍDOS

As pessoas ditas normais se alimentam de modelos idealizados de felicidade, que incluem inteligência, saúde física e, claro, um bom contingente de beleza. Parece aos olhos dos iniciantes que, com estes ingredientes, estarão habilitados à conquista da realização pessoal.

Surpreende que tantas pessoas com estoques ilimitados desses portentos sejam amargas, insatisfeitas e contaminem os circundantes, familiares ou não.

No extremo oposto, sobram exemplos de pessoas desprovidas dos elementos considerados imprescindíveis para a construção da felicidade e que emanam uma energia positiva e contagiante de alegria e doçura, em total descompasso com o esperado, apesar do somatório de deficiências.

A Maria Eduarda foi minha paciente no final dos anos 90, quando foi operada de um tumor raro de pulmão que lhe invadia as costelas, provocando uma dor intensa. Recordo-me da bravura com que enfrentou o diagnóstico de doença maligna e submeteu-se estoicamente ao tratamento sem nenhuma queixa. Vinha ao consultório sempre acompanhada do filho único, um garoto lindo, e do marido, um executivo de sucesso. Era sempre bom conviver com seu pensamento positivo e senso de humor debochado que lhe permitia rir dos outros e, muito, de si mesma.

Concluído o seguimento protocolar do câncer, ficamos distantes uns dez anos, com notícias esporádicas por e-mail. Seis meses depois de saber que ela tinha perdido marido e filho num acidente de carro, ela entrou no consultório acompanhada de um menino levemente obeso de uns cinco ou seis anos de idade.

Antes de qualquer comentário, contou-me que estava recomeçando a vida e decidira adotar aquele menino. Gostaria que eu avaliasse sua condição pulmonar porque soubera que, com a deficiência que ele obviamente tinha, o pulmão era o órgão mais frágil. Surpreendido e chocado com o acontecido e o contexto, tentei dar naturalidade à tarefa, mas de algum jeito fracassei porque ela, com a voz mansa e aqueles olhos enormes e serenos, interrompeu o exame para me contar uma história que considerava inspiradora:

"Um menino entrou numa loja de animais para comprar um cãozinho. Quando o dono lhe mostrou uma ninhada de recém-nascidos, ele se interessou por um filhote menor que arrastava uma perna. O menino disse que queria comprar justamente aquele, e o dono tentou dissuadi-lo: 'Esse tem um defeito na articulação da coxa e nunca vai poder acompanhar você, nem correr, nem pular. Se você insistir, posso dá-lo de presente, mas não posso cobrar por ele!'. E o menino argumentou: 'Eu quero este e quero pagar por ele o mesmo que valem os outros'. Diante da perplexidade do homem, ele levantou a calça para mostrar uma prótese que o sustentava e finalizou: 'Eu também não sou bom de corrida, e este cãozinho vai precisar de alguém que o compreenda!'."

Quando ela partiu, arrastando pela mão aquele gordinho sorridente que insistia em olhar para trás, percebi o quanto eles eram mutuamente dependentes. E então pensei nos meus filhos, amorosos, saudáveis, bonitos e inteligentes, e lamentei nunca ter agradecido por ser um pai sem queixas!

NOSSAS DIFERENÇAS

A Clínica Bambina, famoso centro de oncologia do Rio, reúne anualmente experts das mais diversas áreas para discutir as novidades dos últimos doze meses.

É sempre um encontro estimulante, produtivo e fraternal. Os especialistas convidados em geral se gostam, o que contribui para que a reunião seja também leve e bem-humorada, apesar da aspereza do tema.

Um notável cirurgião paulista mostrava os progressos de sua especialidade, a proctologia, e quando abordou as vantagens do uso da videocirurgia fez um comentário que provocou muitos risos: "Além da menor agressividade deste procedimento, um grande benefício desta técnica é o rápido retorno dos pacientes a suas atividades normais, o que em geral ocorre uma semana depois de terem operado um câncer, algo que no passado demandaria semanas de recuperação. A única exceção, nestes anos todos, foi um paciente de um Estado que prefiro não identificar que, por ocasião da alta, me pediu: 'Mas, tchê, não me consegues uma licença de um mês para que eu me recupere completamente?'".

Muitas risadas no auditório. As provocações fazem isso, deixam as pessoas animadas.

Como estávamos discutindo câncer de baixo para cima, uma hora depois chegamos ao tórax e um rol de avanços foi apresentado, tanto no estadiamento quanto na terapêutica do câncer de pulmão, uma doença que continua acometendo mais de 120 mil brasileiros por ano. Também no tórax a videocirurgia avançou muito, e uma parte cada vez mais significativa das cirurgias oncológicas são feitas com o auxílio desta técnica inovadora.

As benesses eram praticamente as mesmas: menos dor, internações mais curtas, menor tempo de recuperação. Para retribuir a provocação, deixei como diferença a pressa em voltar a trabalhar:

"Naquele Estado em que as pessoas falam *tchê*, não contamos como grande vantagem o retorno imediato ao trabalho. Talvez porque consideramos que alguém que teve a vida sacudida pelo diagnóstico de uma doença tão estigmatizante mereça um tempo para rever os seus valores, conviver com sua família, visitar os amigos que torceram por ele e, quem sabe, viajar àqueles lugares maravilhosos que foram negligenciados durante os longos anos em que ele considerou que interromper o trabalho era parar de viver. Muitos, depois dessa reciclagem, decidem voltar ao batente porque admitem que isso traz felicidade para eles. Quando é assim, não nos opomos."

A resposta tinha sido boa, mas as risadas que encheram o salão persistiram por um tempo maior do que o razoável. Foi quando percebi que havia ali um efeito atávico: nada diverte mais um público carioca do que ver um paulista tripudiado.

E eu, por oportunismo abençoado, havia pegado uma carona naquele ranço histórico.

ADMINISTRAÇÃO DO MEDO

Quem se aventura por caminhos desconhecidos na busca da afirmação pessoal, que depende muito dessa capacidade de desbravamento, invariavelmente descobre que temos muito menos coragem do que necessitaríamos para dar a essa vida sacudida um ar de cotidiana naturalidade. A descoberta da coragem como virtude essencial é o primeiro passo, e o curso da empreitada se encarregará de mostrar que a administração da pouca que temos é um critério de sobrevivência no mundo competitivo. Nos anos 80, o investimento em transplantes representava mais do que um salto de qualidade no serviço que começava a ganhar reconhecimento nacional. Era também a oportunidade de expandir o horizonte pessoal e institucional. Ingrediente indispensável: ousadia, essa irmã siamesa da coragem.

Impossível não ter medo numa tarefa que não podia ser clandestina e que trazia uma certeza absoluta: acontecesse o que acontecesse, nunca mais seríamos os mesmos depois dela. A identificação do receptor corajoso e determinado foi o primeiro passo, mas deste ainda poderíamos desistir porque, afinal, ninguém nos obrigaria a um pioneirismo maluco, e o crime de omissão não poderia ser caracterizado porque não havia jurisprudência.

A saída estratégica para que a covardia não prevalecesse foi tocar o projeto como corriqueiro e criar circunstâncias que envolvessem outras pessoas de modo a criar âncoras de sustentação, impedindo qualquer chance de recuo quando surgisse um doador.

E então, aconteceu. Na tarde de 15 de maio de 89, avisaram que havia um jovem de tipo sanguíneo A em morte encefálica no Hospital São Francisco.

O tamanho era compatível e, com o nível de adrenalina em curva ascendente, começaram os preparativos. Quando retiramos o pulmão esquerdo, eu e o Dagoberto, meu amigo querido, atravessamos a velha Santa Casa com o órgão precioso numa bacia envolta em campos esterilizados e transportada naqueles corredores escuros ao ritmo de corações acelerados. A força motriz do medo que nos impulsionava estava flagrante no silêncio absoluto que nos acompanhou naquele trajeto. Dois dias depois, com tudo correndo maravilhosamente bem, uma repórter fez a pergunta previsível: "E o doutor não sentiu um friozinho na barriga durante esta experiência pioneira?". A resposta parecia verdadeira: "Não. Tudo estava tão ensaiado que nem demos chance para o medo!". Que bravura! Que mentira!

Hoje, sei bem que a negação do medo não é a afirmação da coragem. É só uma dificuldade bisonha de assumir que em quase todas as encruzilhadas da vida estamos consumidos de medo e ilhados de solidão, o agravante indefectível nas decisões definitivas.

Nem acho que esta aparente maturidade no manejo do medo nos faça melhores do que as crianças. Pensei no Fábio, com cinco aninhos completados naquele inverno em que foi internado para uma cirurgia. Levado de maca até o bloco, teve os cobertores trocados na porta do centro cirúrgico e, ao vê-lo tremer, a enfermeira perguntou: "Com frio, meu lindinho?". Ao que ele respondeu com a maior naturalidade: "Eu tô é com medo!".

Bem bom descobrir que eu tinha um filho sem necessidade de simular valentia. Pelo menos enquanto não se expusesse ao mundo falacioso dos adultos.

A SABEDORIA MORA NUMA PENSÃO

O conhecimento sempre despertou curiosidade – e isso, por si só, já explica a euforia que toma conta das mentes inquietas quando se aproxima a oportunidade de interagir com inteligências privilegiadas.

Com convidados famosos as descobertas encantam, mas raramente surpreendem, porque o prestígio intelectual da celebridade em geral antecede o que ela vai dizer. No máximo poderemos admitir com algum amuo que esperávamos mais.

Saí de uma conferência sobre o destino da medicina de alta tecnologia num congresso em Minneapolis com a sensação de ter convivido com um cérebro brilhante, e as suas frases finais ainda estavam reverberando na minha cabeça quando pousei em Buenos Aires para participar, em sequência, de um simpósio de oncologia.

Quase meia-noite, comprei o tíquete do táxi até o centro da cidade e fui comunicado pela vendedora de que o motorista que me levaria seria aquele velhinho simpático com uma boina campeira apoiado no balcão. A cara enrugada, com um sorriso brejeiro, me conquistou.

Quando anunciei que gostaria de tomar café antes de partir e o convidei para tomarmos um juntos, nos conquistamos.

No caminho, começaram as perguntas. "Onde vive?" "Em Porto Alegre." "Em que trabalha?" "Sou cirurgião." "Cirurgião de quê?" "Cirurgião de tórax." "Cirurgião de tórax, opera o quê?"

Ao terminar de explicar que operava adultos e crianças, doenças inflamatórias, mas também muitos casos de câncer, e que entre minhas paixões estava o transplante de pulmão, ele se encantou e começou a discorrer sobre sua ideia do homem como um ser bioenergético que come para acumular energia e depois trabalha para gastá-la e outra vez come para recomeçar.

Nesta altura da conversa, chegamos ao pedágio e, diante daquela fila de carros, ele apontou: "Nós somos como eles, só que com inteligência". Não resisti ao impulso debochado e acrescentei: "E alguns de nós nem tanto!".

Ele sorriu e disse, com a naturalidade de quem acreditava naquilo há muito tempo: "E o senhor, meu doutor, é um homem educado e culto. Porque os broncos podem ser violentos, agressivos e raivosos, mas nunca conseguem ser cruéis, porque esta é uma exclusividade das pessoas educadas".

Meu comentário pretendia apenas ser bem-humorado, mas impossível negar que havia alguma maldade nele. Lembrei-me de Oscar Wilde, que escreveu: "As pessoas educadas nunca magoam as outras pessoas sem querer!".

No resto do trajeto, deliciei-me ouvindo-o falar de um poeta desconhecido para mim, Enrique Banchs, e depois declamar uma poesia chamada "El Tigre", em que esse autor descreve toda a beleza ondulante, a força e a ferocidade do animal e, inesperadamente, conclui: "Así es mi odio". De arrepiar.

Nunca o aeroporto de Ezeiza me pareceu tão perto e, quando nos abraçamos na despedida, já éramos amigos de infância.

Com um cartão na mão, ainda recebi um último conselho: "Prefira os taxistas boêmios. O convívio com a lua enternece as pessoas".

Subi convencido de que a sabedoria pode estar em qualquer lugar. O problema é que sempre a buscamos na cabeça e, muitas vezes, ela está só no coração.

A PRESSA NOSSA DE CADA DIA

Uma pesquisa que comparou a população urbana com os amish, cristãos ortodoxos que vivem em comunidades rurais, detectou um nível médio de pressão arterial de 24 mm de Hg maior nos habitantes da cidade.

As causas são múltiplas, mas todas as evidências sugerem que a adrenalina repetida a cada surto de irritação se transformou numa usina de hipertensão arterial na civilização moderna. Um trabalho muito interessante, comandado pelo nosso Flavio Kapczinski, demonstrou que a irritação sistemática produz, em ratos, animais normalmente sossegados, uma redução do número de comunicações entre os neurônios (sinapses), produzindo-se uma espécie de demência pelo estresse crônico.

Já se disse que o que mata é a raiva, mas como evitar isso se o exercício social impõe a interação com pessoas tão conflitantes?

O estressado se irrita com a lerdeza dos sossegados e até com a falta de irritação deles.

Os tipos capazes de enlouquecer os outros pela desaceleração são múltiplos e com perfis bem conhecidos e monótonos:

• é o lento que aguarda o sinal abrir como todos os normais, mas, quando isso acontece, ele não arranca e teima em buscar alguma coisa esquecida no banco traseiro;

• esse mesmo tipo, quando se aproxima da próxima sinaleira e reduz a marcha porque parece determinado a esperar pelo vermelho, não se conforma que o sinal continue verde e não está nem aí para as buzinas na retaguarda. Em pleno engarrafamento, sempre há cinquenta metros entre ele e o carro da frente, e este espaço é ocupado por outros apressados que só fazem alongar a fila que você, por puro azar, escolheu;

• no restaurante, é aquele que só se lembra de apanhar o cardápio quando o garçom já chegou para anotar o pedido. Invariavelmente, é o fulano que não aceita que jantar fora possa ser simplesmente mudar de cozinheiro e insiste em fazer daquilo um acontecimento social inesquecível;

• é o cara que sempre fica rodando o espeto antes de se decidir e faz uma pausa irritante quando perguntado se quer ou não o CPF na nota;

• no guichê do cinema, com a fila enorme e o filme já começando, o infeliz ainda discute com a companheira qual a melhor escolha;

• no supermercado, com a pachorra impressa na bochecha roliça, ele assiste passivamente ao registro de suas compras e quando lhe apresentam a conta descobre que mais uma vez não haverá brinde da cesta básica – e só então começa a busca tranquila da carteira, no caos de uma bolsa desorganizada. E, claro, com vinte caixas disponíveis você selecionou aquela porque tinha menos gente. Mas não se estresse porque, num dia daqueles, é bem provável que sua chegada ao caixa coincida com o fim do rolo de papel da maquininha;

• no avião, ele entra com cinco pacotes e não se constrange em obstruir a entrada dos outros passageiros enquanto acomoda e reacomoda suas tralhas no compartimento superior. Na saída, enquanto todos já estão de posse de seus pertences, ele ainda dá uma última espiada na revista de bordo para depois poder interromper o fluxo de saída enquanto tenta se apossar de suas sacolas – que, invariavelmente, se esparramam.

Quem dera que, por efeito de um milagre, conseguíssemos alguma harmonia entre seres tão díspares – e os lentos poderiam chegar em casa mais cedo e teriam um tempo extra para se refestelar fazendo nada, e os apressados (olha a frente!) chegariam ainda antes deles e, seguramente, menos hipertensos.

É claro que, depois de tudo harmonizado, ainda haveria o pedido de direito de resposta dos sossegados que se sentissem agredidos pela pressa dos estressados.

Se pudéssemos reprogramar as pessoas, a civilidade deveria começar pela busca de um convívio menos desgastante. Uma norma redentora idealmente obrigaria todos a olhar ao redor com a preocupação cívica de avaliar o desconforto ou o constrangimento que possam estar causando aos seus pares. Porque, sem dúvida, o conviva mais irritante é o que se comporta como se fosse o único inquilino do planeta.

A ESCOLHA DAS PALAVRAS

Nossos ouvidos podem resistir às palavras rudes e cruéis, mas foram idealmente planejados para amenidades e doçuras.

Testados no limite do sofrimento, podemos assumir respostas diferentes: uns se tornam resistentes às intempéries de afeto e sobrevivem com as cicatrizes ásperas da amargura. A resistência marca o sobrevivente com sentimentos poderosos, mas negativos, como rigidez, rancor e vingança.

Outros, por alguma magnânima diferenciação interna, ultrapassam a provação com o que se convencionou chamar resiliência, ou seja, a capacidade de superar a tragédia e emergir dela como uma pessoa melhor – capaz, por exemplo, de se empenhar para que o mal que lhe afligiu não alcance seus semelhantes.

Quem se debruça nas histórias dos resistentes e dos resilientes percebe de imediato a avassaladora força das palavras proferidas, seja pela desconstrução afetiva da crueldade, seja pelo bálsamo generoso da esperança.

As versões sobre as chances oncológicas do Hermeto eram tão diferentes na opinião de dois colegas da mesma clínica que a esposa resolveu aproveitar um momento de solidão em casa para esclarecer a real condição do marido. Por alguma razão, preferiu ligar primeiro para o pessimista e, sentada no banquinho do bar, ouviu com todas as letras que devia se preparar para o pior porque, afinal, a expectativa de sobrevida era muito curta.

Uma hora depois, foi admitida num ambulatório para tratar uma sequela hemorrágica da sutileza de escopeta daquela comunicação – que lhe jogara ao chão, desacordada. A cicatriz da sutura no queixo seria mais fácil de ser esquecida do que a insensibilidade do médico, que incrivelmente não percebeu que esta suposta preparação é apenas uma cruel antecipação da dor que virá se tiver que vir. Não se aprende a suportar melhor o sofrimento por se ter começado antes.

A Gabi tomou o primeiro avião disponível, plena de pavor com a notícia de que o marido acidentado na serra fluminense estava para ser transferido para um hospital no Rio, suficientemente capacitado para enfrentar a gravidade das lesões. A viagem acompanhando a remoção entre montanhas, varando a madrugada no rastro da ambulância, o anúncio de um trauma craniano severo, da parada cardíaca, da inundação dos pulmões por vômito e de todas as ameaças implícitas justificavam o tremor dos lábios e o choro intermitente. Com o coração aos solavancos, ela se preparou para o primeiro boletim.

Barros Franco, que o recebera, é um médico competente e bem resolvido. Com voz firme, que inspira confiança, descreveu os achados graves e as metas do tratamento. Não omitiu riscos, mas não subtraiu esperança. Quando a Gabi, no desespero, contou que eles tinham uma linda filhinha de cinco anos e que estavam se preparando para ter o segundo, ele foi definitivo: "Pois então organizem-se, porque no batismo do próximo filho de vocês vamos ter um médico carioca em Porto Alegre!".

Quando deixei o hospital, no final daquela tarde, esta história já tinha sido repetida várias vezes. Num dia para se esquecer, aquela tinha sido a frase para se lembrar.

O futuro continuava incerto, mas por que pensar no pior se há quem ofereça esperança?

A FIGURA DO PAI

Acho que todos nós, não importa a idade, precisamos dessa figura. Maravilhoso se ele foi o pai de sangue, e melhor ainda se amado no limite do exagero, a ponto de nunca morrer – mesmo tendo morrido.

Quando a perdemos, parece inevitável que depois de um tempo de desorientação a orfandade nos empurre para alguma alternativa compensadora. Só por isso já seria recomendável que cuidássemos de amigos velhos, já que a qualquer momento um deles poderá ser convocado para assumir a função.

A espontaneidade do afeto que alimentou a minha relação com Affonso Tarantino, só percebi anos depois, fez com que ele ficasse lá, acomodado no banco de reservas, à espera de ser chamado para tomar conta da posição quando meu pai saísse de campo para não mais voltar.

Mais sete anos e perdi de novo, desta vez o professor Tarantino, meu segundo paizão, numa terça-feira muito fria de julho, absolutamente lúcido a duas semanas de completar 99 anos. Foi meu anfitrião na Academia Nacional de Medicina, tendo na minha posse proferido um discurso inesquecível.

Quando o afeto transbordou os limites da relação pessoal, ele o canalizou para os meus netos, que passaram a receber presentes sempre marcados pelo carinho e pela generosidade de um homem doce e sábio. Nos largos anos de convivência intermitente, trocamos muitas correspondências. Mesmo quando passou a usar o computador ele o fazia sob protesto, porque gostava de fato era de escrever numas cartelas retangulares de papel grosso. Às vezes, começava com letra graúda e, de repente, tendo percebido que o assunto se alongaria, diminuía a letra e, se necessário, rabiscava uma flecha e passava para as costas do papel. A única certeza era de que a comunicação se encerraria naquela única cartela.

Tenho 61 pérolas dele, guardadas numa gaveta transbordante de afeição.

Num desses recados, cheio de entusiasmo, dizia: "Se eu tivesse uns trinta anos a menos, iria embora para Porto Alegre, e imagine a quantidade de pulmões que transplantaríamos juntos!".

Há quatro anos, como presente de aniversário, ganhei um chapéu de palha com o bilhete, sempre inteligente, rico de ironia, deboche e carinho: "Sabe qual a palha mais fina que existe? Não? Que pena que não entende nada de palha! Saiba que é a do arroz, a mesma deste presente que a minha filha trouxe da Itália na semana passada. Há alguns anos vi uma foto com um desses chapéus na cabeça do Picasso. Ficou bem. Se ficou bem na cabeça do Picasso, não há razão para não ficar bem na sua. Abraços, Tarantino!".

Há dois Natais ele enviou as peças em miniatura de um presépio completo em porcelana e a promessa de que a qualquer hora apareceria para conferir a montagem e dar um susto nas crianças, porque a cara de Papai Noel havia anos estava pronta.

Noutra ocasião, mandou-me uma estatueta de ferro de Dom Quixote com a lança restaurada por ele mesmo. Pedia que eu a entregasse ao João Pedro (meu neto mais velho) com a recomendação: "Caro Joãozinho: quando tiver idade para descobrir o significado do Dom Quixote eu não estarei mais aqui, mas seu amado avô estará. Conte para ele a sua descoberta, e ele e eu (estarei espiando) vamos ficar bem felizes!".

No ano passado, fiz uma conferencia na ANM que foi muito elogiada. Ele estava doente e não compareceu, mas mandou um bilhete que dizia: "Soube do seu sucesso. Cuide desta cabeça maravilhosa, porque a minha está indo embora. Quanto ao coração, deixe comigo! Sou capaz de querer bem por nós dois!".

Há uns seis meses ele foi internado com uma pneumonia grave e esteve na UTI. Eu ligava todos os dias para uma das filhas, que me mantinha informado.

Quando teve alta, escreveu: "Eu vou me aguentando por aqui. Mas não se preocupe tanto porque o que está vivo em mim é o que está vivo em você. Viva por nós dois!".

Naquele dia, com ele ainda ao alcance do telefone, foi bem mais fácil prometer.

SOBRE TODAS AS COISAS

Dizem que viver muito habilita o vivente a conviver com a ideia da morte. Pode ser. Os velhos que adoecem e as famílias dos velhos que morrem veem a morte com uma naturalidade que explica até a conversa animada durante o café da madrugada, um momento sempre dissimuladamente agradável nos velórios na casa grande dos senhores da terra.

Conheci seu Sabino muito antes de ele ser o protagonista deste encontro familiar indesejado, quando suspiros esparsos eram as maiores manifestações de inconformismo com o ocorrido. Todos tinham um ar moderadamente grave, mas sem choros incontroláveis nem espaço para faniquitos, nem ninguém anunciou a intenção de ir com ele no caixão que foi fechado com o respeito que fez por merecer, sem indagações espalhafatosas sobre o destino dos que ficaram para trás.

Dez anos antes, quando sentou-se à minha frente para a primeira consulta, tinha aquele ar de poucas dúvidas que têm os homens sábios que beiram os oitenta e ouvem os comentários de quem quer que seja com cara de "não tente me impressionar".

Tinha um nódulo de pulmão com menos de dois centímetros de diâmetro, o que o colocava no estágio I, o grupo ideal para o tratamento cirúrgico do câncer de pulmão, mas, lamentavelmente, muito raro, porque dependem de uma busca planejada ou de um achado acidental, por serem sempre assintomáticos.

Com o objetivo de conduzir a consulta de modo que ele concluísse que devíamos operá-lo, mostrei a lesão na tomografia, expliquei como crescia e com que velocidade e apontei a vizinhança do lobo inferior porque, se fosse invadido, seria necessário remover mais pulmão para extirpar o tumor.

Para não deixar nenhum contra-argumento a descoberto, me antecipei em esclarecer que o fato de ele não sentir nada se devia à ausência de inervação no interior do pulmão, e que isso significava que todo tumor pulmonar com sintomas como dor, por exemplo, queria dizer que a doença invadira alguma estrutura fora do pulmão – e então a chance de cura era menor.

Apresentadas as justificativas, parei à espera de uma resposta. Ele ficou um longo tempo em silêncio e resumiu: "Vou me entregar, mas não pense que é por medo dessa bolinha, que duvido muito possa matar um homem como eu, criado no rigor do campo. Acontece que tenho doze netos, mas um deles me enfeitiçou, e até faço uma força danada para os outros não perceberem. Pois justo este entrou na faculdade de Medicina agora em janeiro. Não posso me atrasar por doença e perder a formatura do guri! Imagine depois, então, ter um doutor só para eu acreditar e sem necessidade de florear tanto sobre a minha doença! Se me dá essa garantia, pode me cortar!".

Cuidar dele foi a dádiva de descobrir o amigo mais puro, capaz de falar sobre todas as coisas com a espontaneidade de quem tinha uma enciclopédia no coração.

No velório, dez anos depois, a filha disse que o pai sempre se referia a uma dívida que tinha com o doutor, sem nunca contar o que era.

Com a nossa conversa remota bem viva na memória, achei melhor enterrar a nossa combinação em segredo.

Talvez um dia eu sentisse que valia a pena contar esta história.

Então sentiria saudade dele.

FAZER POR FAZER, MELHOR NÃO!

Os ingênuos podem supor que a alegria que sentimos ao fazer o que fazemos depende da importância que os outros dão ao que é feito. Felizmente não é assim, porque senão aos que fazem as tarefas chamadas menores só restaria a frustrante sensação da insignificância. E, com ela, o sentimento de inferioridade.

Como o percentual de façanhas extraordinárias é muitíssimo pequeno, parece lógico concluir que a fonte geradora de alegria pessoal depende mesmo é da qualidade do que fazemos, seja lá o que façamos.

Quando se trabalha em equipe, um conceito básico é que as tarefas de execução mais simples, aquelas que dispensam grande qualificação técnica e para as quais se consegue habilitação mais rápida, essas nunca poderão ser rotuladas como secundárias, sob pena de ruir todo o sistema. O exemplo que considero perfeito desta situação é o da faxineira do bloco cirúrgico. Quem definiria sua atividade como secundária se uma infecção decorrente de má assepsia pode empurrar todo o brilhantismo técnico da cirurgia para o ralo da complicação, às vezes irreparável?

Aprendi em funções de chefia que a construção de um grupo diferenciado começa com a valorização da parcela de cada um, não apenas porque o reconhecimento profissional é um ingrediente indispensável na construção da autoestima individual, mas principalmente porque dele depende a espontaneidade do comprometimento.

Os simplificadores atribuem aos baixos salários todo o problema do desempenho medíocre, mas é um equívoco ignorar que não há estímulo econômico que coloque encanto no que se faça sem prazer. O mau humor de alguns profissionais bem remunerados e a tocante entrega afetiva de operários que mal ganham para a sobrevivência é a prova de que nos alimentamos também de uma energia maior que nos impulsiona e gratifica. E que, sem ela, nos transformamos em meros colecionadores de ressentimentos.

Era um enterro de uma pessoa querida e fiquei impressionado com o entusiasmo com que o coveiro rebocava os tijolos para o fechamento do sepulcro. Havia uma irretocável precisão de gestos quando cortava os fragmentos dos tijolos para que coubessem no espaço entre as peças maiores e por fim quando da colocação da pasta de cimento que preenchia todos os vãos, com notável destreza. Cheguei mais perto para ler o nome no crachá e percebi que o Valdemar adorava o que fazia – e só não assobiava de contentamento em respeito à família que voltara a soluçar na medida em que a colocação da lápide representava a materialização do adeus.

Quando começou a debandada, senti a necessidade de agradecer ao Valdemar. Naquele "De nada!" meio sussurrado havia uma dose de surpresa e incompreensão, mas, apesar da vontade de abraçá-lo, não senti ânimo para explicar que vê-lo trabalhar com tanto gosto tinha sido a única coisa memorável de um dia muito triste. Sem ter ideia de qual seja o salário de um coveiro, preferi arquivar aquele desempenho como modelo de adaptação a uma tarefa difícil e até imaginei-o festejando em segredo: "Vocês podem não entender, mas eu duvido que alguém lacre uma sepultura como eu!".

A propósito disso, lembrei-me de uma passagem extraordinária que descreve um diálogo que presumivelmente ocorreu entre Madre Teresa, que cuidava de leprosos, e um empresário texano. O milionário, vendo-a banhar carinhosamente um daqueles pobres pacientes, disse: "Irmã, eu não faria este trabalho nem por um milhão de dólares". E ela respondeu: "Eu também não, meu filho".

A APARÊNCIA QUE TEMOS

O entendimento de que a autoestima faz parte obrigatória do conceito global de saúde é relativamente recente. Até o final dos anos 80 era frequente que pessoas jovens portadoras, por exemplo, de defeitos congênitos da parede torácica fossem vasculhadas em busca de eventuais disfunções cardíacas ou pulmonares e, não as encontrando, como ocorria na maioria dos casos, esses jovens eram no máximo encaminhados para algum tipo de exercício físico que supostamente pudesse ajudá-los. Era de se ver o desespero com que recebiam a notícia de que eram "sadios" e de que não havia com que se preocupar. Incrível que se pudesse ignorar o quanto estavam doentes estes jovens que faziam de tudo para evitar qualquer tipo de exposição física, odiavam a ideia de ir à praia, tinham aversão a tardes na piscina e que, frequentemente, protelavam a iniciação sexual.

O entendimento de que qualquer peculiaridade física que fizesse o portador se sentir diminuído aos olhos dos seus pares devia ser tratada como doença significou uma grande virada conceitual e passou a reger os procedimentos, cirúrgicos ou não, que pudessem restabelecer o equilíbrio emocional que depende criticamente não apenas de como somos, mas de como nos sentimos ser.

Convivi com os extremos em que transitavam jovens com defeitos leves que atribuíam toda a infelicidade a deformidades quase imperceptíveis, e outros com malformações grotescas que se serviam delas para diversão – como um jovem que confessou saber que havia agradado quando a namorada colocava champanha na depressão do esterno para comemorar depois de uma gincana sexual.

A avaliação psicológica desses pacientes é indispensável para entender o real significado da condição e, principalmente, identificar aqueles que nutrem em relação ao resultado estético fantasias inalcançáveis.

Um dos erros médicos mais frequentes é tentar convencer um jovem que venceu a barreira da marcação da consulta e assumiu perante sua família o seu nível de sofrimento de que a correção não vale a pena, ou de que a relação custo/benefício não compensa. Este descompasso grosseiro entre o que o paciente sente e o que o médico tenta racionalizar implode a relação, e com certeza outro profissional será procurado.

No início dos anos 80, os cirurgiões torácicos operavam doenças, não aparências anatômicas insatisfatórias. O Julio Cesar tinha dezessete anos na época e foi uma das vítimas deste conceito retrógrado. Depois de receber a notícia de que todos os exames de função pulmonar e cardíaca eram normais e, portanto, nenhuma cirurgia se justificava, desceu as escadas e, pendurado num orelhão, aos prantos, contou para a mãe que nós não queríamos tratá-lo e que não sabia o que seria da vida dele. De passagem, ouvi este trecho da conversa, tomei-o pelo braço e voltamos.

Naquele dia aprendi, e definitivamente, que o prefixo de *in*felicidade pode ser uma boa indicação cirúrgica.

NUNCA ESTAMOS PRONTOS PARA PERDER

A reação das pessoas ao sofrimento tem sido um inesgotável manancial de pesquisa sobre o comportamento das vítimas e os seus extremos de tolerância e abnegação.

Um pastor adventista, trabalhando no Memorial General Hospital, um grande centro de oncologia de Nova York, entrevistou 196 famílias que tinham perdido parentes vitimados de câncer num período de dezoito meses.

Uma das perguntas repetidas a cada entrevistado buscava descobrir qual tinha sido o momento mais inesquecivelmente sofrido daquela experiência dolorosa. Um dado surpreendeu: quase 60% dos entrevistados apontou que a falta de sensibilidade na comunicação da morte havia suplantado a dor da própria perda. Deprimente que, tendo aprendido tantas maneiras eficazes de prolongar a vida, não nos tenham ensinado como ser solidários na hora da morte.

Um dia desses, retomei esta discussão ao tentar socorrer um residente que, tendo constatado um óbito na terapia intensiva, confessou sentir-se incapaz de conversar com a família que aguardava por notícias na sala de espera. Nem a previsibilidade do desfecho, repetidamente passada aos familiares que acompanhavam a gravidade do caso, serviu para amenizar a ansiedade da inexperiência.

Como de certa forma tratamos nossa autoestima auxiliando pessoas que contam com nosso desempenho, assumir que perdemos será sempre desagradável e deprimente.

Duas verdades transpareceram desse episódio:
• ninguém gosta de dar notícia ruim;
• as nossas escolas médicas, com raras exceções, ainda não incluíram no currículo a disciplina de cuidados paliativos, que tem a missão de ensinar como se transita neste delicado campo das relações humanas, em que se exige uma combinação de delicadeza e solidariedade para encarar uma realidade irretocavelmente cruel e dolorosa.

Precisando socorrer nosso jovem residente, fiquei buscando palavras e concluí que não há um jeito padronizado de dizer o que ninguém quer ouvir, e que a morte, qualquer que seja a circunstância, é a capitulação definitiva do nosso intento de preservar a vida porque, afinal, é este esforço que nos estimula e impulsiona e, às vezes – e queríamos tanto que fosse mais frequentemente –, nos orgulha.

Por isso, não acredite na frieza dos médicos, mesmo que alguns aparentem rigidez absoluta. Todos nós perdemos pedaços mais ou menos dolorosos com essas mortes miseráveis que insistem em atazanar nossa atividade e reiterar a nossa frágil condição de humanos.

Muitas vezes, a indiferença é apenas uma máscara precária para despistar o quanto sofremos.

A ANTECIPAÇÃO DO SOFRIMENTO

Todos ensinam que a vida vale pela soma de pequenos momentos e pela intensidade que consigamos colocar em cada um deles.

Se acreditamos nisso, como explicar a atitude dos que anunciam as desgraças que virão ou que pode ser que venham sob argumento de que devemos estar preparados?

A história recente da medicina mostra que ocorreu uma mudança de conduta, com ninguém preocupado em poupar ninguém, e isto claramente começou com a epidemia de medicina defensiva que nasceu nos Estados Unidos e se disseminou.

Evidentemente pressionado a minimizar o risco de ação judicial por omissão de informações, o médico americano há muito tempo decidiu se excluir do processo piedoso em que o médico deve, obviamente, manter a família a par de tudo o que está acontecendo, mas também ter sensibilidade e delicadeza para identificar quais informações terão real utilidade para o futuro e o bem-estar daquele que tem pouco mais por viver.

Despejar toda a tragédia sobre um infeliz indefeso é só um atroz exercício de crueldade e covardia.

Quando a probabilidade de sucesso de uma determinada terapia é pequena, imediatamente emerge o tipo que se sente estimulado a anunciar todos os riscos, submetendo a família a uma injusta e absurda antecipação do sofrimento.

O Vilmar foi transplantado e, por rejeições repetidas, perdeu o órgão. Colocado em lista para retransplante, evoluiu para a respiração artificial enquanto aguardava. Doía acompanhar o desespero da esposa devotada, consumida pela dolorosa expectativa.

Mantê-la animada com a possibilidade de sucesso na segunda tentativa passou a ser tarefa obrigatória em todo final de tarde. Um dia, ela me confessou que não suportava mais falar com o plantonista que diariamente reiterava o rol de riscos que ele enfrentaria e que a chance de sucesso era tão pequena que ela devia se preparar para o pior.

O Vilmar ultrapassou a primeira barreira ao conseguir ser retransplantado, mas desenvolveu uma infecção grave no pós-operatório e, depois de uma semana de luta insana, morreu, confirmando as previsões mais realistas.

Depois de tantos anos, a Luiza ainda liga de vez enquanto para falar da saudade que sente do seu amado e, muitas vezes, se queixa da imperdoável falta de sensibilidade de quem, mesmo tendo acertado, não tinha o direito de lhe antecipar o sofrimento. E garante que nunca o perdoará pelos dois meses que poderiam ter sido de pura esperança mas que foram cruelmente maculados pelo desespero.

Se ninguém antecipa a alegria do que pode ser que ganhemos, não é justo sofrer pelo que talvez venhamos a perder!

INSTINTO MATERNO

A determinação de proteger as crias não se restringe a determinadas espécies. Pelo contrário, é um elo de identidade das fêmeas, sejam elas ratas, leoas, serpentes ou mulheres. E do que elas são capazes para proteger a prole, todos sabemos. Atribuir esta atitude a um instinto já foi considerado um sofisma de origem cristã, estimulado por um romantismo conveniente aos preceitos religiosos de proteção familiar.

Mais modernamente, a ciência tem buscado explicações para este comportamento padrão inclusive na genética, depois que se demonstrou que a remoção de um determinado pro gene, em animais de laboratório, modificou o comportamento de fêmeas que descuidavam de suas crias, permitindo que morressem de frio e fome. Antevê-se no futuro a perspectiva de que mães atualmente consideradas desnaturadas possam ser vistas apenas como doentes, que mereçam compreensão e tratamento específico.

Talvez por estes compromissos com a preservação da espécie todas as estatísticas, independente da etnia, demonstram que as mulheres vivem em média até dez anos mais do que os homens (será por isso que nunca se ouviu falar em excursão de viúvos?), e uma ONG ligada a Universidade Johns Hopkins, que monitora as pessoas centenárias mundo afora, chamou a atenção para o fato de que 80% dessas longevas são mulheres.

Um estudo recente da Universidade de Boston observou que as mulheres que engravidam depois dos quarenta anos têm quatro vezes mais chance de chegar aos cem.

Na medida em que as pesquisas avançam, a visão romântica do papel da mãe eternizada no zelo dos filhos começa a ceder espaço para o entendimento bioquímico: provavelmente a gravidez e depois o aleitamento, com a reconhecida profusão de hormônios e mediadores neuroquímicos, característica destas fases, sejam responsáveis por um possível retardo no processo de envelhecimento e também por contrabalançar deficiências cognitivas relacionadas com a menopausa e, com isso, proteger melhor o cérebro e conduzir à longevidade.

O mais interessante é que uma vez estimulado pelos hormônios e mediadores citados o comportamento materno diminui sua dependência deles: a simples presença do filho se mostra suficiente para mantê-lo. Exames do cérebro de ratas em época de aleitamento mostram que ocorre a ativação de uma área cerebral conhecida como *núcleo accumbens*, na qual se integram neurônios encarregados das sensações de reforço e de recompensa, mecanismos semelhantes aos envolvidos na dependência de drogas. Curiosamente, ratas tornadas dependentes de cocaína quando colocadas diante do dilema da escolha entre a droga e a amamentação dos filhotes recém-nascidos dão preferência às crias.

O Eduardo é psiquiatra e administra um lar de idosos, vários dos quais apresentam Alzheimer. Contou-me que dia desses uma avozinha em fase adiantada da doença, com períodos frequentes de agitação, encontrou uma boneca e passou a acariciá-la, acalmando-se completamente. Dias depois, quando voltava do banho, descobriu que a vizinha de poltrona se apossara do brinquedo e se negava a devolvê-lo.

Na discussão desconexa que se instalou, interveio uma terceira senhora, que alegou que ela, sim, era a dona da boneca, passassem-na para cá.

A balbúrdia só se resolveu quando cada uma recebeu um protótipo para cuidar. Vê-las assim, reanimadas na fantasia de proteger filhos imaginários, levantou a questão: em que desvão do ainda insondável labirinto cerebral se refugiou o instinto materno de modo que nem uma doença tão devastadora consegue alcançá-lo?

DO QUE VOCÊ PRECISA PARA SER FELIZ?

A busca da resposta a esta pergunta aparentemente simples mudou a minha vida.

Com a possibilidade de continuar na famosa Clínica Mayo, retornei a Porto Alegre para encontrar a minha amada Santa Casa agonizante e trouxe na mala de garupa um prazo para a decisão de voltar que atormentou todas as minhas madrugadas naquele inverno.

Angustiado e querendo a opinião de pessoas mais experientes, ouvi do Bruno Palombini – grande mestre da pneumologia brasileira – aquela pergunta, completada com a sabedoria de sua cabeça luminosa: "Quando a gente responde esta questão, todas as outras decisões brotam espontaneamente!".

Retrospectivamente, a opção por rejeitar um futuro que estava pronto e voltar para construir um novo, contra todos os desafios, ainda hoje pode ser questionada, mas naquele dia eu soube que até podia nunca realizar meus sonhos, mas os instrumentos estavam aqui. Claro que estas escolhas dependem também da nossa condição de aborígenes e de como valorizamos as nossas raízes e do quê e o quanto sentimos saudades. E isso é de cada um, sem manual de instruções.

Mesmo com essas ressalvas, me espantou a história de um recente companheiro de viagem que, depois de visitar a família no Brasil, estava voltando para os Estados Unidos, onde vive há treze anos e já trabalhou numa variedade enorme e díspar de atividades. Segundo ele, estava enfim construindo o seu pé-de-meia para voltar para casa daqui a alguns anos e se aposentar. Não resisti e perguntei: "Mas o que você mais gosta de fazer?". A resposta foi enfática: "Ganhar dinheiro é a única coisa que faz com que eu me sinta poderoso!". Não me lembro de mais nada depois dessa frase, exceto de um sono repentino que me derrubou.

Na despedida, um cartão e um convite para visitar sua nova conquista, uma fantástica empresa de reforma de residências em Michigan. Assegurei que tinha enorme interesse no assunto e nos dissemos adeus. Pra sempre.

Que o dinheiro traz segurança, autonomia, confiança, independência e liberdade, todo mundo sabe. Mas o alto índice de drogadição, alcoolismo e suicídio entre grandes empresários sugere que ele não se basta.

E tudo por conta de uma verdade reconhecida em todos os níveis sociais: existem ingredientes imprescindíveis para a construção da autoestima que o dinheiro se insinua, ronrona, massageia, ameaça, pressiona, avaliza, mas não compra.

Também é sabido que uns nascem para ser grandes, outros se contentam em ser pequenos, mas, se em algum momento da vida se cruzarem, neste instante eles terão exatamente o mesmo tamanho.

O poeta Rainer Maria Rilke, acompanhado da secretária, costumava passear todas as tardes em torno do quarteirão onde vivia, em Viena. Sistematicamente, jogava uma moeda para uma velha que mendigava na esquina. Um dia, não dispondo de moedas e tendo ganhado uma flor, por impulso ofertou a rosa à pobre mulher.

Ela, aparentemente assustada com o presente inesperado, recolheu seus trapos numa sacola velha de pano sujo e desapareceu. Passados três dias, lá estava ela, outra vez instalada na esquina.

Aliviada ao revê-la, a secretária perguntou: "Do que será que ela viveu nesses três dias?". Ao que o poeta, sabiamente, respondeu: "Do significado da rosa!".

A POESIA QUE RESTOU

Tudo sugeria uma tarde normal de consultório com as doenças monótonas penduradas em pessoas angustiadas naquele turbilhão de sentimentos de quem se descobriu ameaçado e, pleno de susto, incerteza, medo e esperança, bateu à porta.

De permeio, algumas reconsultas, velhos amigos, abraços demorados e agradecidos, comentários generosos e, afinal, o anúncio da última consulta.

Um mulato de baixa estatura, um cavanhaque indefinido e uma cara boa, dessas que abrem portas e resumem explicações.

Quando retirou as radiografias da sacola plástica, caiu um punhado de fitas do Senhor do Bonfim, denunciando a procedência confirmada pelo sotaque: "Meu doutor, me acuda, que até agora o Senhor do Bonfim era a minha única esperança e, vige!, cometi a heresia de deixar cair a minha maior devoção".

No alto da ficha o nome sonoro, DAMÁRIO DACRUZ e na profissão, *artista*. Quando quis saber qual a sua arte, ele foi seco: "Poeta".

E assim descobri este artista nato que, apesar do enorme talento, é muito pouco conhecido fora da Bahia. Mais um desses gênios desperdiçados pela humildade da origem, na imensidão continental do país. As nossas conversas nesta e nas consultas seguintes foram recheadas da sua poesia rica, desconcertante, encantadora.

Fumante pesado de uma vida inteira, trazia pregado no pulmão direito um grande tumor, com cara de poucos amigos e nenhum pendor poético. A localização da lesão, exigindo a retirada do pulmão inteiro, e a presença de enfisema, que reduzia a reserva respiratória, tornavam impraticável a cirurgia, a menos que a quimioterapia lograsse uma redução significativa da massa. Isto explicado, perguntei se estava muito assustado e se queria perguntar mais alguma coisa. A resposta foi um dos seus poemas rápidos: "Adoecer é muito deprimente, doutor, mas eu sempre acreditei que *nenhum dia é triste! Nós é que chovemos na hora errada*".

Prometeu que faria todo o recomendado e voltaria para conferir a melhor resposta terapêutica possível. Combinei isso, mais querendo do que acreditando.

Partiu carregando o mesmo fôlego curto, mas uma expectativa nova e, da porta, anunciou: "Volto para a Bahia com outro ânimo, ainda que *a luz no túnel possa ser apenas os nossos olhos brilhando,* mas vou encarar esta parada porque *cada pássaro sabe a rota do retorno. Cada pássaro sabe a rota de si. Cada pássaro, na rota, sabe-se pássaro*".

Nas consultas seguintes havia uma tristeza própria de quem descobriu que é impossível manter o astral elevado com a degradação física evidente.

Passamos a falar de outras coisas na medida em que a realidade parecia intragável. Eu querendo muito que ele vivesse, e ele temeroso que eu deixasse de acreditar. Disposto a viver de qualquer jeito, perguntou se havia algum projeto de pesquisa do qual pudesse participar. Afinal, as coisas planejadas e não cumpridas cobravam esta ousadia, pois, segundo ele: "*Entardece cedo o dia de quem não ousa em clara manhã*".

Porque a quimioterapia não funcionou ou porque o Senhor do Bonfim se sentiu ofendido com o manejo descuidado, depois de uns meses o Damário morreu arfando de tristeza e dor.

A última conversa com a filha teve mais soluços do que palavras e, no final, a poesia que era o pedido final do pai:

TODO RISCO
A possibilidade de arriscar é
que nos faz homens.
Voo perfeito
no espaço que criamos.
Ninguém decide sobre os passos que evitamos.
Certeza de que não somos pássaros e que voamos.
Tristeza de que não vamos por medo dos caminhos.

Os poetas deviam ser proibidos de morrer. A previsibilidade enfadonha da morte não combina com o gênio criativo deles.

A VERDADE INCOMPLETA E GENEROSA

Quando a morte chega pelos caminhos mais insuspeitados e, traiçoeira, ceifa uma pessoa jovem, o impacto sobre aquela família é de uma perplexidade devastadora.

Tudo parece irracional quando a imponderabilidade de um acidente inverte a ordem natural das coisas e debruça um pai zeloso sobre o corpo robusto do filho de vinte anos que tinha apenas um arranhão no ombro e um pequeno hematoma do supercílio.

Com ausência total de reflexos, incapacidade de respirar substituída por uma máquina e temperatura corporal de 34 ºC, o diagnóstico clínico de morte encefálica estava evidente, o que foi prontamente confirmado pela arteriografia que demonstrou que, por conta do intenso inchaço do cérebro oprimido dentro da caixa craniana, houvera interrupção da entrada de sangue, caracterizando a irreversibilidade. Este é o diagnóstico mais seguro em medicina: se as células nervosas morrem depois de 3-4 minutos sem oxigênio, é fácil perceber que com o transporte de oxigênio interrompido definitivamente não há a menor chance de sobrevivência.

O pai não sabia disso muito bem e queria eliminar todas as dúvidas antes de autorizar que se cumprisse a vontade do filho, expressa há uns dois anos numa reunião festiva da família e reiterada outras vezes.

Amigo do Eduardo há muitos anos, fui chamado a ajudá-lo nesta hora que a providência ou o que quer que seja que gere o destino das pessoas devia poupar todos os pais, se não houvesse outro motivo, por compaixão.

Tudo explicado e entendido, envolvemo-nos num abraço e, depois de um tempo de silêncio compartilhado, ele me pediu que providenciasse a doação de órgãos, numa desesperada tentativa de dar alguma racionalidade à estupidez da morte: "O meu gordo, caridoso como era, ficará feliz de saber que ajudou outras pessoas a continuar a vida que o destino lhe roubou".

Feitos os testes sorológicos uma descoberta: o anti-HIV era positivo, assim como as sorologias para a hepatite B, o que tornava inviável a doação!

Quando anunciei a impossibilidade, uma nuvem de decepção desceu sobre ele e as lágrimas foram estancadas para ouvir o porquê.

Então expliquei o significado da hepatite B na contraindicação, o que naquele instante me pareceu mais aceitável, poupando-lhe da informação de que a combinação encontrada era altamente sugestiva do uso regular de drogas venosas.

Certas descobertas ruins devem ser evitadas, especialmente quando não fazem mais do que ampliar o sofrimento.

Ao ver o gordo, bonito e forte, sendo vestido para o velório, me convenci de que aquele impulso fora generoso.

Descemos a escada, abraçados. Ele, aliviado porque fizera o máximo para cumprir o desejo do filho, e eu convencido de que, às vezes, a verdade total é apenas um injustificável exercício de crueldade.

Já havia dor suficiente a dilacerar o peito daquele pobre pai.

OS QUE AJUDAM E OS OUTROS

Os outros, infelizmente mais numerosos, se dividem entre os indiferentes e os que ajudariam se tivessem tempo.

A família Oviedo mora num bairro pobre de Córdoba e luta pela sobrevivência no limite da dignidade. Quando nasceu o segundo garoto, já estavam muito ocupados com a doença do primeiro e souberam então que os dois eram portadores de fibrose cística, uma doença genética que se caracteriza principalmente por repetidas infecções das vias respiratórias que resultam na gradual destruição dos tecidos pulmonares, podendo culminar com a morte precoce do paciente, o que acabou ocorrendo com os dois meninos antes dos dez anos de idade.

Ao descobrir-se grávida outra vez e, mais do que isso, ao saber que teria gêmeas, a mãe agradeceu a Deus a compensação pelas perdas tão recentes e sofridas. Mas a provação estava só começando.

Um bairro pobre é como a casa grande de uma família humilde, todos se conhecem e se amparam. Um vizinho me confidenciou que, dois anos depois do nascimento das gêmeas, umas loirinha lindas, se soube que também as meninas tinham a mesma doença – e a dor se espalhou pela vizinhança numa tal consternação a ponto de poucos conseguirem visitá-los. Uma sina genética que multiplicara por quatro a probabilidade estatística de doença naquela família comoveu a cidade e depois o país num movimento frenético da mídia pela arrecadação de recursos e autorizações judiciais para virem ao Brasil em busca da salvação do que lhes restava de filhos.

Foi assim que, em janeiro de 2012, chegaram à Santa Casa em busca do transplante redentor que só pôde ser oferecido à Maribel, porque a Marisol tinha uma carga de anticorpos que resultou na ausência de doadores possíveis entre seis familiares testados. Desolada, Marisol voltou para a Argentina, mudou-se para Buenos Aires para ficar mais próxima do maior centro transplantador e morreu sem conseguir, exatamente um ano depois do transplante exitoso da irmã.

Nesta semana, Maribel e os pais, encantados com sua condição física, voltaram para a revisão de terceiro ano do transplante. Na bagagem, além do encanto de viver, ela trazia uma história de solidariedade. Ficara tão impressionada com o desespero de Valentina, a adolescente chilena que implorou à presidente Michelle Bachelet por uma morte assistida porque não suportava mais sofrer com fibrose cística, que decidiu ela mesma ir ao Chile conversar com a paciente.

Encontrou-a deprimida e querendo morrer, porque não queria passar pela agonia do irmão que perdera no ano anterior. Maribel rebateu: "Olhe as fotos de como eu era e veja como estou agora. E não me fale da perda de um irmão, porque eu perdi os meus três".

Depois de um fim de semana de conversas, Valentina anunciou que não queria mais morrer. E teriam começado a fazer os testes de compatibilidade na busca de doadores familiares.

Os olhinhos de Maribel brilhavam quando me contou esta aventura. E então lhe perguntei: "E como você se sentiu sendo protagonista desta mudança de ânimo?".

"Muito, mas muito feliz!" "E o que levou você a tomar esta atitude corajosa e despojada, sem saber se seria aceita?" "É que eu não consigo ser feliz sozinha!"

Descobri que os 1.014 quilômetros que separam Córdoba de Santiago do Chile são a distância entre intenção e gesto.

O TAMANHO DO MUNDO

A discussão de todas as questões do cotidiano inclui obrigatoriamente um fator de potencial ainda indeterminado, porque é novo e está em fase de alastramento exponencial: as redes sociais.

Impressiona perceber que se você tem um problema, por mais raro que seja, pode apostar que não está sozinho porque em algum lugar alguém tem uma saída, à espera de um clique mágico que talvez lhe traga a solução.

A Maria Fernanda Gutierrez vive em Moncloa, um pequeno *Pueblo* no norte do México a cinquenta quilômetros da fronteira com o Texas. Portadora de fibrose cística avançada, procurou recursos em San Antonio, a mais mexicana das cidades americanas. Depois de três meses de tratamento num centro pediátrico de excelência, a família foi convocada para um comunicado dramático: não ocorrera nenhuma melhora e o transplante seria a única possibilidade, porém irrealizável naquele momento, porque a espera por pulmões nos Estados Unidos é maior do que dois anos, um tempo incompatível com a fase final da doença que mantinha a pequena Marifer em ventilação com máscara de oxigênio. Com a recomendação de que voltassem para que ela se despedisse da família, o desespero só foi interrompido porque uma irmã encontrou na internet a Sofia, uma menina de Córdoba, Argentina, que fora transplantada na Santa Casa em dezembro de 2011.

A primeira mensagem que recebemos transbordava de emoção e esperança. O custo estimado para o transplante, aqui, era 10% do valor astronômico anunciado nos Estados Unidos, mas ainda assim fora das possibilidades de uma família humilde. Iniciou-se então uma campanha na mídia nacional para arrecadar fundos. Uma cantora local, chamada Claudia Arias, filiada à mesma igreja evangélica e intérprete de uma música de grande sucesso por lá, chamada *És por fé*, inspirou o título para a campanha de solidariedade: *"És por fé, és por Marifer"*.

Arrecadado 80% do custo estimado, receberam as passagens do governo mexicano e aportaram aqui em final de outubro. Da Marifer, quase não se ouvia a voz, sufocada por uma fibrose cística terminal. Com o pai e avó paterna como doadores, os pulmões doentes foram substituídos por lobos normais e, um mês depois, ela teve um ataque de riso ao subir correndo uma escada no hospital. Confessou entre lágrimas que era a primeira vez que fazia isso na vida e estava deslumbrada.

Há poucos dias, o *Jornal do Almoço* mostrou a trajetória bem-aventurada e documentou o embarque para o México da pequena sorridente. A sua última frase no aeroporto foi: "Gracias, Brasil".

NOSSAS HERANÇAS

Os nossos filhos herdam não só o que temos, mas também o que somos. E, às vezes, bem mais do que gostaríamos. Em prol da angústia paterna de vê-los realizados, felizes e melhores, devia-nos ser dada a chance de escolher qual nuance da nossa personalidade ou traço de caráter, virtude ou até como prova de tolerância, quem sabe, alguma mania benigna que pudéssemos passar aos nossos amados rebentos. Mas não, é tudo aleatório, e com frequência deprimente reconhecemos nos nossos filhotes justamente aquela característica mais irritante que procuramos inutilmente negar a vida toda. Mais massacrante ainda é quando a herança genética envolve alguma doença que pode não ter se materializado em nós, mas eclodiu na nossa cria inocente.

O Janor foi internado na unidade de neurologia clínica com um acidente vascular cerebral isquêmico, um diagnóstico incomum aos 34 anos de idade. A investigação mostrou que era portador de trombofilia, uma doença hereditária que favorece episódios embólicos. O mutismo dos primeiros dias foi interpretado como consequência do problema neurológico que lhe afetara os movimentos do lado direito do corpo e comprometera minimamente a fala. A recuperação foi rápida e, depois de quatro semanas nas quais participara ativamente da fisioterapia, estava apto para a alta hospitalar, quase completamente recuperado.

Quando a decisão foi anunciada, ele se calou de vez, voltou para a cama e, encolhido contra a parede, se negava a comer. Com a alta hospitalar interrompida, foram muitas conversas até que emergisse a causa daquela depressão. O pai, de quem herdara a doença, também tivera um derrame com os mesmos 34 anos e, quando saíra do hospital, consciente das sequelas que o diminuíam aos olhos da esposa bonita, dera um tiro na própria cabeça. Agora o filho, vinte anos depois, se negava a ir para casa como se tivesse que cumprir o mesmo ritual. Foram semanas de terapia para amordaçar o fantasma que o atormentava e fazê-lo entender que a sua doença já era uma sina dolorosa o suficiente, mas que aquele ciclo de dor se exaurira.

Foi fundamental convencê-lo de que seus filhos, aparentemente sadios, eram a prova de que ele conquistara a alforria para a felicidade. O abraço demorado em cada funcionário do hospital no dia da alta deixou em todos uma certeza: ele entendera que a força para conviver com as pequenas sequelas era o exemplo de coragem que a vida lhe impunha como herança definitiva aos seus filhos.

Eram dois polaquinhos de olhos azuis, pendurados na janela de um velho Monza estacionado junto à calçada. O tempo, sempre o tempo, se encarregaria de dizer se o destino, de fato, mudara. Esta incógnita, claro, não constava do relatório de alta.

VERDADEIRA GRANDEZA

As grandes conquistas da humanidade sempre dependeram de doses substanciais de curiosidade, inteligência, coragem e perseverança. A história, por outro lado, está repleta de oportunistas que se apropriaram desses lampejos geniais e, sem constrangimentos, curtiram a fama como se o mérito fosse deles. Curiosamente, existem uns tipos que aparentemente nasceram para promover a glória dos outros.

Norman Shumway, professor emérito da Universidade da Califórnia, é reconhecidamente um magnífico exemplar da espécie humana: inteligente, criativo, trabalhador e tímido. Apaixonou-se pela possibilidade de transplantar o coração e desenvolveu toda a pesquisa experimental em seu laboratório. Puro como são os cientistas verdadeiros, dividiu o que aprendeu com humildade, nunca omitiu nada de ninguém e recebeu com fidalguia a todos os interessados no assunto. Foi assim que um cirurgião sul-africano desconhecido, chamado Christiaan Barnard, aproximou-se do mestre, inteirou-se de todas as técnicas e voltou para casa determinado a entrar para a história.

Enquanto os americanos estavam cerceados pela legislação, que ainda não reconhecia a condição de morte encefálica, só permitindo a retirada de órgãos depois que o coração parasse, o que era um grande óbice para o transplante desse órgão, na África do Sul não havia nenhum impedimento – e assim, em dezembro de 67, o Dr. Barnard transpôs o umbral da fama transplantando o coração de Louis Washkansky, um judeu lituano que emigrara para a África do Sul aos cinco anos de idade e se estabelecera como comerciante de alimentos. Washkansky desenvolvera diabetes e, em função disso, uma cardiopatia grave que evoluiu para a insuficiência cardíaca congestiva. O transplante inicialmente foi um sucesso, mas o paciente morreu dezoito dias depois por uma pneumonia, muito provavelmente causada por imunodepressão excessiva, já que pouco se sabia da prevenção de rejeição naqueles tempos remotos. A fama do autor, no entanto, estava assegurada.

Não se surpreenda por não conhecer esta história: ela só foi denunciada no meio médico e nunca houve alguém interessado em difundi-la, afinal, o autor da façanha, um aventureiro bonito e sociável, rapidamente se tornara uma celebridade festejada no jet set internacional, com direito à capa da revista *Time* e um tórrido *affair* com Gina Lollobrigida, o símbolo sexual daquela geração. E a mídia, como se sabe, odeia assumir equívocos, recontar histórias, e nunca se interessa por anticlímax.

Mas os cirurgiões americanos nunca o perdoaram e, lembro bem, nos anos 80, quando alguém inadvertidamente o convidou a proferir uma conferência num congresso em Chicago, em repúdio quase todo o salão se esvaziou ao vê-lo subir ao palco.

Como se vê, uma punição pequena para tamanho caradurismo!

Subtraído da fama que merecia, o inabalável professor Shumway construiu uma experiência gigantesca em transplante de coração e é merecidamente considerado, no universo discreto e reservado da ciência, um dos ícones definitivos da cirurgia cardíaca de todos os tempos. Infelizmente, ele nunca foi capa de revista internacional.

Mas como corrigir a injustiça se o pódio da fama já havia sido desmontado?

REVERSÃO DE EXPECTATIVAS

Quando encerrei uma conferência sobre o transplante de pulmão com doadores vivos na Academia Nacional de Medicina alguns anos atrás, instalou-se um clima de incontida consternação no auditório. O transplante faz isso. Comove as pessoas. Ainda mais que os pacientes que ilustraram a apresentação eram crianças, provavelmente identificados em semelhança com os netos daquela legião de amorosos avós.

Foi então que um velho professor, cabeça branca, voz mansa e gestos lentos, fez uma consideração desconcertante: "Aprendi em cinquenta anos de medicina que nesta profissão a nossa felicidade nunca é completa. Por isso, queria perguntar: qual foi a sua pior experiência cuidando destas crianças?".

Sob o impacto da pergunta, admiti que a perda de uma criança é incomparavelmente dolorosa, mas que eu havia descoberto uma situação ainda mais devastadora: quando a criança transplantada morria precocemente e tínhamos de conviver com o pós-operatório dos pais ainda internados. Assumi que a dor da morte de uma criança, aliada à consciência de que todo o sofrimento dos doadores fora, circunstancialmente, uma agressão inútil, na minha opinião era (e continua sendo) o maior teste de integridade emocional de um grupo médico afeito a desafios.

Esta declaração provocou um prolongado silêncio de solidariedade. Foi quando a Dra. Anna Lydia, uma professora muito respeitada a julgar pelo silêncio que se instalou no auditório, pediu a palavra e disse: "Provavelmente, ninguém mais do que eu nesta sala entende o seu sofrimento. Porque as cinco décadas de obstetrícia me ensinaram que não há dor maior do que a resultante da reversão de expectativas. Uma família a caminho da sala de parto é uma família em festa, com flores, charutos, amigos reunidos num clima de alegria contagiante. Por isso, uma tragédia em obstetrícia é tão inesquecivelmente dolorosa. Vejo o seu trabalho como a luta obstinada pela vida e, portanto, nada deve machucar mais do que perdê-la. Quando ocorria comigo uma dessas catástrofes no centro obstétrico, eu não conseguia ir para casa. Ficava horas tentando consolar aquela mãe que perdera o filho, ou aquele jovem viúvo estupefato, e sentia uma aflição tão grande como se eu mesma tivesse perdido tudo. Às vezes, demorava semanas para me recompor".

Soube naquele dia que eu tinha conhecido uma pessoa especial e festejei a oportunidade de revê-la quando anos depois cumpria o ritual de visitas dos candidatos à Academia. Anoitecia numa sexta-feira de setembro e as gotas d'água escorriam pela vidraça do imenso janelão debruçado na Avenida Vieira Souto, com a praia de Ipanema borrada ao fundo pelo temporal. Quando disse a ela o quanto o seu testemunho naquela noite pregressa mexera comigo, ficamos um longo tempo abraçados, em silêncio.

E, então, ela confessou: "Eu é que preciso agradecer a você, porque seu depoimento sincero e emocionado estimulou-me a fazer aquela confissão pública que foi uma verdadeira catarse pra mim. Acho que nós, médicos, muitas vezes assumimos uma posição de invulnerabilidade diante do sofrimento dos outros, o que nos priva da oportunidade de assumir que somos simplesmente humanos. Nunca contei a ninguém, mas naquela noite, quando voltava para casa, chorei sozinha no táxi. Nem liguei para a cara de surpresa do motorista. Porque aquele foi um choro bom de chorar!".

O UNIVERSO DAS VERSÕES

Todos os médicos gostam de contar casos complicados, e isso em geral os torna insuportáveis no convívio social, porque os não médicos sentem-se de imediato excluídos.

A tendência ao isolamento se multiplica com aqueles médicos que se dedicam às doenças mas mal suportam os seus portadores, ignorando que, depois de uns dez anos de atividade, se percebe que as doenças são muito repetitivas e em muitos momentos completamente enfadonhas, condenando os relatores a uma chatice irrecuperável.

O que mantém a profissão fascinante é a variedade de angústias, tensões, comportamentos, expectativas, negações, culpas e fantasias que compõem um modelo diferente de reação para cada criatura ao encarar a inescrutável possibilidade da morte.

A bagagem cultural, a formação científica, as experiências familiares, as crenças populares e as lendas urbanas só enriquecem o modelo quase sempre original do homem e o medo espectral que o acompanha, atormenta, tortura, mas também protege. Conte a mesma história a vinte pacientes e depois, com calma e paciência, descubra que cada um desenvolveu uma versão particular, sempre autêntica do ponto de vista do seu autor. Isto explica, por exemplo, que nos atribuam declarações que jamais faríamos – e tudo entregue com voz embargada e olhos marejados. Tempos atrás, na saída de um teatro, fui barrado por uma senhora que, de braços abertos, disse: "Que bom revê-lo. Nunca vou esquecer aquela noite em que o senhor entrou no meu quarto e disse: 'Dona Iracema, a sua vida está por um fio'". Até achei simpática, a dona Iracema, mas não estou nem um pouco convencido de que alguma vez tenhamos nos encontrado.

Não raro, quase antecipamos o que vai ser dito, mas lá vem o imponderável a nos desconcertar. O Genaro foi operado de câncer e, na alta hospitalar, recebeu um relatório e a recomendação de que devia fazer revisões periódicas até cinco anos, ao fim dos quais estaria estatisticamente curado – porque um paciente operado de câncer de pulmão que chega ao quinto ano de pós-operatório sem sinal de doença tem a mesma chance de morrer que uma pessoa da mesma idade que não teve câncer. Soube que o Genaro tinha entendido tudo lá do seu jeito original quando se sentou na minha frente exatamente no dia em que completou cinco anos da cirurgia e me disse, com seu dialeto italiano: "Vim renovar a minha licença". Indispensável explicar a ele que estas prorrogações de estadia eram tratadas no andar de cima.

Outras vezes, a conversa toma uma trilha em que o sentimento dominante parece óbvio, mas nada disso. O Honório tinha 78 anos bem vividos como capataz de estância e na noite anterior despachara a família para uma conversa séria com o cirurgião. Expliquei em detalhes o que iríamos fazer e qual era a parte dele para que tudo desse certo. A cada informação, uma pergunta naquele delicioso sotaque fronteirista. "E esta tal de embolia?" "Também muito me assusta essa *cosa* de pneumonia. Sou um índio forte, mas na minha idade acho que nem precisa ser dupla prá matar."

Com tantas preocupações, foi inevitável perguntar: "O senhor tem muito medo de morrer, seu Honório?". Ao que ele respondeu, na maior calma: "Não tenho medo nenhum, doutor, mas o que me falta é a pressa".

OUTRAS CARAS DA SOLIDÃO

Provavelmente, a mais inevitável das solidões é a dos poderosos. Toda tomada de decisão que resulte em algum impacto na vida dos outros implica um exercício de poder – e este é tenso, muitas vezes doloroso e sempre solitário. Desta forma insuspeitada de sofrimento estão livres todas as pessoas que se limitam a seguir as recomendações, sem nem o compromisso de questioná-las.

Mas, de qualquer forma, a grande massa é formada por seres gregários que, desde sempre, buscam a interação com seus semelhantes. Os primevos já faziam isso para se proteger e para procriar. Mas, afora estes instintos mais elementares, a busca do outro para a complementação de objetivos e realização de anseios de felicidade sempre marcou o comportamento da raça humana.

Mas não se pense que a solidão é sempre perniciosa. Não, muitas vezes ela é ótima e, outras tantas, indispensável.

Muitas pessoas, vitimadas por relacionamentos opressivos, castigadas por parceiros dominantes, só têm chance de recuperar a identidade perdida ou atropelada se lograrem um período de isolacionismo que permita a reciclagem dos seus valores e a redefinição de suas metas e objetivos de vida.

Por outro lado, muitos indivíduos vivem solitários e não se queixam disso. Pelo contrário, lamentam-se da falta de sossego quando, por alguma circunstância familiar, são obrigados a um convívio que lhes parece invasivo e ruidoso.

Outros estão sempre rodeados de multidões de amigos, muitos transitórios e fugazes, num renovar de afetos que sugere mais carência afetiva do que capacidade ilimitada de conquista e sedução.

Mudou a sociedade, que se tornou mais egoísta e competitiva, mas sempre existiram e existirão amigos sinceros, entremeados com os oportunistas, que podem parecer bons companheiros, mas serão desmascarados quando surgir a primeira adversidade – e, com ela, a necessidade da primeira ajuda.

A nossa juventude parece menos afeita ao relacionamento afetuoso e se empenha na interação virtual que nunca se materializa, tentando compensar a falta de ombros calorosos e fraternos com monitores coloridos, mas insensíveis. Uma pena que não se consiga colocar afeto numa tela, mesma que ela ofereça o fascínio da tridimensão. Mas a garotada com certeza se recuperará. E tomara que não gastem tanto tempo para descobrir que software algum conseguirá substituir a magia do abraço.

A RESPONSABILIDADE DILUÍDA: UMA COVARDIA

Um desavisado ou ingênuo pode supor que a tendência moderna de compartilhar com o paciente todas as decisões terapêuticas representa uma conquista da soberania dos cidadãos. Nada disso. Na maioria dos casos, há uma clara preocupação de ratear responsabilidades se alguma coisa der errado. Este é claramente mais um subproduto da medicina defensiva americana, onde o profissional, por se sentir pressionado pelo risco de ação judicial, achou uma solução tão simplista como desumana: se o paciente assumir no consentimento informado que participou da decisão terapêutica, o médico não poderá ser responsabilizado se nada sair como o esperado. Mas como exigir que um leigo tome uma decisão puramente técnica? E como confiar num técnico que, ao oferecer várias opções, torna evidente que não sabe qual a melhor escolha?

O Antonio Carlos, cinquenta anos, cresceu na oficina do pai, um italiano com sotaque carregado e um senso de responsabilidade que transmitiu ao DNA do filho por corrente direta.

Numa atividade em que a disponibilidade é tão preciosa como rara, o Antonio Carlos construiu uma vida profissional respeitável. Experiente e sério, sempre tinha uma resposta ao problema trazido pelo cliente e achava que segunda opinião era coisa para aprendizes e amadores.

Depois de 35 anos de tabagismo intenso, descobriu-se escarrando sangue, e uma tomografia detectou um tumor grande no pulmão direito. Completados os exames, solicitou-se que viesse com a esposa e os filhos para ouvir as recomendações.

A um breve relato dos achados radiológicos seguiu-se a apresentação das opções terapêuticas, que incluíam a realização de cirurgia inicial com quimioterapia em sequência ou três doses de quimioterapia seguidas de cirurgia se a resposta fosse suficientemente boa para reduzir o tamanho do tumor em 50% ou mais.

Como ambas as opções envolviam risco, o médico recomendou que ele usasse os feriados que se aproximavam para discutir o caso com a família e tomar a decisão.

Quando entrou no consultório, o abraço demorado revelava a ansiedade, e o pedido de ajuda era um grande desespero: "Meu doutor, eu sempre soube o que era melhor para o motor do seu carro. Por favor, decida o que é melhor para o meu radiador".

QUANDO É SEMPRE NATAL

Passado o Natal, havia que inventariar as mensagens, reter algumas poucas na gaveta, fazer backup das enviadas por e-mails, armazenar todas no coração.

Entre estas, uma mensagem especial como especial é o seu autor. Milton Meier é uma lenda da cirurgia cardíaca carioca e brasileira. Conheci-o há quatro anos, quando postulei uma vaga na Academia Nacional de Medicina, eu estreante na disputa e ele concorrendo pela segunda vez. Ficamos amigos durante a campanha e me apaixonei por ele quando, disfarçando a euforia pela vitória, fui abraçá-lo depois da eleição e ele foi capaz de me dizer: "Perdi de novo, mas desta vez ganhei em conhecer você!".

Pois este tipo de grandeza invulgar mandou-me a seguinte história como mensagem de Natal, tudo com a cara dele. Vejam como é fácil gostar do Milton Meier:

"Tratei uma vez um menino pequeno e magricela chamado André. Ativo e esperto, vivia gripado. As visitas ao médico eram sempre iguais: uma ausculta rápida, uma espiada na garganta e ia embora com uma receita. Um dia, alguém mais cuidadoso pediu uma radiografia e se descobriu que o menino tinha um defeito cardíaco que causava problemas respiratórios e impedia que ele crescesse. Era preciso corrigir o defeito, e a cirurgia transcorreu sem problemas. Os pais receberam a boa notícia e a informação de que depois de uns quatro dias poderiam levá-lo para casa. Na manhã seguinte, quando os efeitos da anestesia já deveriam ter passado, o André não acordou. A despeito de todos os exames normais, ele continuava dormindo: respirava preguiçosamente e necessitava de aparelhos. Eram outros tempos aqueles, e não existiam os mesmos recursos de hoje. Após operações cardíacas, as lesões neurológicas não eram raras. Três ou quatro dias se passaram e estávamos todos muito preocupados. A mãe me contara que o aniversário dele seria logo depois do Natal, e eu havia prometido que naquela data ele já estaria em casa. Mas, nesta dita noite, o André continuava na UTI, necessitando de cuidados. Desolado, decidi ficar com ele. Estávamos sós, o dorminhoco, uma enfermeira e eu. Pouco depois da meia-noite, me aproximei da cama e perguntei: "Quantos anos será que ele vai fazer?". André mexeu-se, abriu os olhos, levantou o braço e mostrou: quatro dedinhos. A angústia explodiu em alegria, os alarmes dos monitores se tornaram sinos badalando e as luzes opacas viraram estrelas brilhantes. Que maravilhoso presente aqueles olhos abertos, me vendo, e o menino acordado! André teve alta, cresceu, formou-se, casou-se e hoje é pai de uma linda família. E mesmo que eu viva cem anos, aquele sempre será o meu melhor Natal!"

Obrigado, amigo, por compartilhar esta história de puro afeto.

Para os corações generosos, os sinos podem ser dispensados, mas o Natal acontece todos os dias.

HAY GABO PARA TODOS

Gabriel García Márquez viveu no México a quase totalidade de seus últimos trinta anos, mas nunca abriu mão de uma casa de pedra antiga, construída com os cotovelos na janela do mar do Caribe, em Cartagena de las Indias.

Durante um Congresso Panamericano lá realizado, recebi um telefonema de um amigo comum, Fidel Camacho, cirurgião de Bogotá que o curou de um câncer de pulmão no final dos anos 80 e se tornou muito querido dele.

Na chamada, havia uma provocação: "O Gabo está na cidade, estive com ele ontem, falei de você e do quanto gosta dele, e ele me pediu que o convidasse para jantarmos hoje. Não sei se tem algum compromisso?!".

A resposta tinha uma ironia proporcional: "Deixe-me dar uma checada na minha agenda!".

Inesquecível aquela noite, com as histórias regadas a vinho tinto, a memória exigida no limite para a recuperação dos detalhes, a valorização do nome dos personagens, enfim, uma espécie de ensaio para a produção das memórias, que eram o projeto final da vida de García Márquez.

É provável que já estivéssemos meio bêbados, mas isso não invalida a emoção do abraço quando erguemos as taças para um brinde a Úrsula Buendía, a matriarca de *Cem anos de solidão,* quando confessei que, para mim, ela era o maior personagem feminino da literatura.

Foi o momento definitivo na lembrança daquela noite, e pensei nele quando reli um dia desses uma frase maravilhosa do conto "La tercera resignación" (1947), em que

Gabo descreveu êxtase assim: "Como si todos los pulmones de la tierra hubieran dejado de respirar para no interrumpir la liviana quietud del aire", lembram?

Um grande colecionador de personagens, sem formação acadêmica, Gabo não tinha pudor algum em admitir que gostava de contar histórias, mas não aceitava falar de literatura porque não tinha uma ideia clara do que fosse.

Na ampla mesa com tampa de pedra polida estavam espalhadas dezenas de folhas soltas com anotações quase ilegíveis que, segundo Fidel, eram o tormento da velhinha da limpeza – que não podia mudá-las de lugar porque só ele conseguia recuperar o que precisasse naquele caos.

A oficialização da morte de Gabo, no dia 17 de abril de 2014, não me doeu tanto quanto a entrevista do irmão mais moço quando este anunciou, há uns três anos, que ele perdera a memória.

Soube-se depois que os amigos mais próximos foram muitas vezes convocados para ajudá-lo na elaboração do *Vivir para contarla*, porque com frequência fatos, datas e personagens entravam em angustiante conflito.

Provavelmente como salvo-conduto ele assumiu que a vida não é o que gente viveu, mas sim o que gente recorda, e como recorda para contá-la.

Vários intelectuais e literatos de renome já dissecaram a obra de Gabo com a propriedade de quem, ao contrário dele, sabe o que é literatura.

Talvez tenha restado como pífio instrumento de homenagem para quem está sofrendo com a orfandade a lembrança de cinco frases definitivas:

"Um único minuto de reconciliação vale mais do que toda uma vida de amizade."

"A pior forma de sentir falta de uma pessoa é estar ao lado dela e ter certeza de que nunca poderá tê-la."

"O segredo de uma velhice agradável consiste em assinar um pacto honroso com a solidão."

"Ninguém pertence a um lugar enquanto não tem um morto debaixo da terra."

"A sabedoria é algo que, quando nos bate à porta, já não nos serve para nada."

GRATIDÃO A FUNDO PERDIDO

Ignacio Ramonet, que foi editor do *Le Monde Diplomatique Brasil* de 1990 a 2008, contou uma linda história sobre a compra da casa de Gabriel García Márquez, inteiramente de pedra, que conheci em Cartagena de las Indias numa ocasião em que visitei o mestre levado pela mão generosa de um amigo comum, Fidel Camacho, cirurgião colombiano que operara o pulmão de Gabo no final dos anos 80.

Ramonet se tornara amigo de Gabriel García Márquez por meio da Unesco e, durante uma visita, perguntou a ele se a casa antiga, debruçada sobre o Caribe, era herança de família. Soube então que aquela compra havia sido uma epopeia de grandeza e de imprevisível generosidade.

Apaixonado pela beleza serena do lugar, Gabo vinha tentando comprar um imóvel havia vários anos, sem conseguir. Um advogado amigo o aconselhou: "Desista de tentar você mesmo. Eles pensam que você é bilionário e, quando descobrem que é o comprador, multiplicam o preço. Deixe-me tentar, talvez eu encontre algo que lhe agrade".

Dias depois, voltou entusiasmado: "Acho que encontrei. É uma casa velha de pedra rústica, muito malcuidada, mas o local é ótimo. Durante décadas serviu de gráfica e agora o dono, um velho cego e sem filhos, decidiu vender. Mas não se anime tanto porque temos um problema: ele gosta tanto da casa que só aceita vendê-la se conhecer o comprador. Já adiantei que você é mudo, porque se ele ouvir a sua voz vai saber quem é o comprador!".

Tudo bem urdido, apresentaram-se os dois no horário combinado – e a todas as perguntas do proprietário Gabo respondia com resmungos de concordância (uhn, uhn) ou de negação (ahã, ahã). Depois de cinco minutos dessa "conversa" unilateral, de repente, por desconcentração, escapou um "Sim, senhor!".

Para um ouvido refinado, compensando a cegueira, foi o que bastou: "Não posso acreditar que o grande Gabo quer comprar a minha casa! Que maravilha! Mas é claro que o preço não poderá ser o mesmo!".

O advogado interveio: "Mas como não? O senhor não tem palavra?".

"Não tem nada a ver com palavra! Não posso vender minha casa a este escritor maravilhoso como se fosse um comprador qualquer!"

Vendo o negócio escapar, o advogado perguntou: "Mas, afinal, qual é o novo preço da sua mesma velha casa?". "Ah, doutor, o senhor não imagina a importância desse homem na minha vida! Com as coisas maravilhosas que ele escreveu e tudo o que pude piratear na minha gráfica, consegui viver bem e ainda formar em Medicina meu único sobrinho. Agora, se ele puder pagar a metade do valor anunciado, eu já terei dinheiro de sobra para a minha velhice."

Gabo ficou tão comovido que teria oferecido um cômodo para ele morar na área nobre da casa. E contam que nunca permitiu que ocupassem o tal espaço, na esperança encantada de que, um dia, o cego batesse à porta.

VIDA COM QUALIDADE: UMA CONQUISTA PESSOAL

A prevenção das doenças, os avanços no diagnóstico precoce e o tratamento mais eficaz dos males inevitáveis contribuíram para o aumento constante da expectativa de vida no planeta. De tal sorte, podemos anunciar que, mantidas as projeções estatísticas, dois de cada três nascidos nesta década chegarão aos 120 anos, sem sustos.

A confirmação destas expectativas deve conduzir-nos a duas conscientizações: viver bem é tão importante quanto viver mais, e a preparação para uma velhice saudável, digna e útil começa muito antes de envelhecermos.

Modernamente, muito se fala em qualidade de vida, mas a primeira percepção é a de que ela começa com saúde, uma descoberta que só fazemos ao adoecer.

Quando a civilização moderna começou a se encantar com a possibilidade de viver mais, ainda pouco se sabia sobre a importância de rotinas consideradas atualmente elementares, como por exemplo a realização de revisões periódicas, o famoso check-up.

Há consenso em medicina de que revisões cardiológicas reduzem o risco de infarto e de que um exame anual de próstata para homens com mais de 50 anos e das mamas e do colo do útero para mulheres com mais de 45 anos aumenta indiscutivelmente a expectativa de vida das pessoas.

Aprendemos também que quem pretende chegar aos cem anos deve ter alguns cuidados essenciais, que incluem: manter em níveis normais a pressão arterial, a glicose sanguínea e o colesterol, mesmo que isto só seja possível com o uso de medicação. Vale dizer que um diabético juvenil, por exemplo, que consiga manter sua glicemia dentro de limites normais com o uso regular de insulina tende a viver tanto quanto um não diabético.

Além disso, é sabido que a longevidade depende de que o indivíduo seja magro, mantenha atividade física regular, não fume e durma bem, um quarteto imprescindível no conceito de vida saudável.

Ainda que uma história de pais e avós longevos ajude, e um meio ambiente favorável contribua, nada parece ser tão determinante para o envelhecimento saudável quanto o estilo de vida, definido como a gestão do prazer e da felicidade.

Seguramente, um dos pré-requisitos para um estilo de vida qualificado é a escolha profissional correta. Quem não gosta do que faz não cresce profissionalmente, consome-se em ressentimentos e leva toda a amargura da incompetência para seu relacionamento afetivo, minando-o irreparavelmente. Sem contar que ninguém ama a um incompetente por tempo indeterminado.

Quem quiser cuidar da saúde física que comece protegendo sua saúde mental e acredite: só há chance plena de felicidade para quem faz o que faz, seja lá o que faça, no limite da paixão! Não espere milagres de uma dieta balanceada e de atividade atlética semanal se a sexta-feira é o único dia da semana que lhe parece promissor e se você já sabe de cor os feriadões do ano que vem.

OS SIGNIFICADOS DESSA ESCOLHA

Impossível ver tanta gente jovem de cara pintada na rua festejando uma conquista importante e não cogitar como teria sido esta escolha. Tão jovens para ter qualquer tipo de experiência sólida, a decisão teria sido apenas um delírio fantasioso?

E se houve algum modelo a estimular a opção, ele seria copiável?

Ninguém se animaria a interromper aquela corrida eufórica entre os carros aguardando a abertura do sinal para colocar estas questões elementares a quem pretende construir uma carreira profissional com um mínimo de chance de funcionar como propulsora da realização pessoal. Mas que dá vontade, ah, isso dá!

Vontade de explicar-lhes que, abstraídos os religiosos, que têm uma perspectiva diferente, nós, os comuns, temos apenas dois instrumentos de acesso à felicidade: o trabalho e o amor, e ambos estão imbricados por uma teia infindável de dependências e interações.

Ou seja, estes compartimentos não são estanques. De tal forma que não é possível trabalhar mal e ser um amante sedutor. Nem remotamente.

A primeira notícia, fundamental que seja bem entendida: não há nenhuma chance real de felicidade depois de uma escolha vocacional equivocada.

O não vocacionado fará mal qualquer que seja o seu trabalho. Sem prazer no que se faz não há nenhuma perspectiva de crescimento pessoal, e a percepção inevitável da incompetência mirrará a autoestima, comprometendo o desempenho amoroso. Por outro lado, os nossos amados não resistem à tendência de comparar-nos com nossos pares e, flagrada a diferença, o afeto concebido para ser eterno começará a murchar progressivamente até a extinção, porque ninguém consegue amar um incompetente por tempo indeterminado.

Como se percebe, da escolha que vocês fizerem dependerá não somente o sucesso profissional, mas também o encanto e a durabilidade da relação afetiva que tenham ou pretendam ter.

Por isso, meus caros jovens vestibulandos encantados, passada a euforia da conquista e lavadas as caras bonitas que sorriam nas esquinas da minha cidade, uma reflexão: o curso que vocês vão começar agora é a porta de entrada para a vida, mas não é a vida, que essa é para sempre.

Se em algum momento tiverem a convicção de que erraram o caminho, não relutem em mudar. Muitos os criticarão, mas não liguem, porque no fundo eles invejarão a coragem do gesto, especialmente aqueles tantos que não o conseguiram.

Só vivemos uma vez. E não há como remendar a felicidade desperdiçada.

MAIS QUE UMA COMEMORAÇÃO

Ao ocuparem o moderno teatro do Centro Histórico e Cultural da Santa Casa para a sessão comemorativa dos quinze anos do primeiro transplante de pulmão com doadores vivos feito fora dos Estados Unidos, os convidados já tinham sido alertadas pelo convite de que seria uma experiência comovente. Quando Ivo Stigger, o mais emotivo dos mestres de cerimônia, relembrou o gesto em "V" de vitória do Henrique numa escadaria da instituição como a mais bela imagem da inesquecível primavera de 99, todos tiveram certeza.

O garotinho chegara à Santa Casa em situação desesperadora. Com apenas 12% de capacidade pulmonar, usava oxigênio o tempo todo e dormia ajoelhado há dois anos, porque sufocava se tentasse deitar.

A necessidade de um transplante era evidente, mas a chance de um doador com pulmões de tamanho compatível com sua caixa torácica de criança parecia muito remota. O imprevisível tempo de espera por esse doador improvável era o seu maior inimigo. Oferecida a possibilidade de transplante com partes dos pulmões dos pais, isso soou com um delírio, mas rapidamente passou a razoável depois que se entendeu que era a única alternativa – e os pais, como se sabe, estão sempre irresponsavelmente dispostos a ceder partes dos seus corpos insignificantes para tentar salvar as suas crias. Mobilizados os parceiros mais competentes, marcamos a data: 17 de setembro de 1999.

Lembro-me da manhã daquele dia, marcado pela ansiedade e pelo temor do desconhecido. Acordei muito cedo, mas demorei a sair da cama, como se fosse possível continuar deitado e afugentar o medo que me aguardava. Foi quando a família do Henrique entrou no bloco cirúrgico para que todos fossem operados em sequência que percebemos o tamanho da enrascada em que estávamos metidos.

Apesar da quantidade anormal de pessoas no ambiente, os únicos sons audíveis eram os bipes dos monitores entre ordens isoladas. Esse silêncio contido quando há tanto por sentir e comentar era o sinal mais evidente da ansiedade coletiva.

Sete horas depois, com a engenharia de dois pulmões novos funcionando perfeitamente, exausto pela tensão sustentada, sentei-me no chão para descansar. Quando o Felicetti sentou ao meu lado e choramos abraçados, tive a certeza de que tínhamos feito uma coisa realmente grande. Além do ineditismo daquele transplante, o desprendimento dos pais carregava um grande apelo emocional, e isso repercutiu intensamente na mídia.

Todas as noites o *Jornal Nacional* encerrava sua edição com uma chamada à sucursal de Porto Alegre, que reportava os progressos de Henrique. Houve uma peregrinação de visitantes e, entre eles, vários jogadores do Grêmio, incluindo o Ronaldinho Gaúcho, que na época nem imaginava o ódio que a torcida gremista lhe reservaria no futuro.

Claro que a presença frequente na mídia rendeu alguns dividendos. Dias depois, fazia a grande curva da saída da freeway e fui parado por excesso de velocidade. Enquanto caminhávamos, o guarda e eu, pelo acostamento em direção à viatura onde seria documentada a multa, ele me perguntou: "O elemento faz o quê?". Quando respondi: "Sou cirurgião", ele deu mais uma olhada nos documentos e parou. "O senhor por acaso não é o médico que trocou os pulmões daquele menino?" "Eu mesmo!" "Doutor, vá mais devagar, por favor, mas desapareça. Minha mulher chorou tanto ao ver aquela reportagem na TV! Se ela souber que o multei, ela me mata!" Ganhei um abraço inesperado e nos despedimos.

A cerimônia comemorativa relembrou aquele momento histórico do hospital e foi gratificante rever o Henrique, recém-graduado em Direito, e vários de seus colegas, muitos deles com mais de dez anos do transplante. Uma falta justificada foi a do Felipe, transplantado há cinco anos e que escreveu lamentando não poder confraternizar porque justo naquele dia se casaria em Criciúma. Como se vê, um tipo destemido, afeito a uma aventura de alto risco a cada cinco anos. Na exposição que esteve aberta ao público também no Centro Histórico e Cultural da Santa Casa, histórias emocionantes que rendem tributos à coragem, ao desprendimento, à qualificação tecnológica e ao amor incondicional.

E, nas entrelinhas, é perceptível uma rebeldia incontida pela inexorabilidade da morte.

A ESCOLHA DOS AMIGOS

Mark Twain escreveu que os dois dias mais importantes da vida de alguém são o dia em que ele nasce e o dia em que ele descobre para quê.

Pois o Artur nasceu há catorze anos e tem estado, desde então, à espera do dia da tal descoberta.

Portador de fibrose cística que destruiu completamente seu pulmão direito e comprometeu seriamente o esquerdo, tinha apenas 23% da capacidade pulmonar prevista para a sua idade. Invejava os coleguinhas que jogam futebol e, resignado com o peso do fardo, já se contentaria em caminhar sem ofegância.

Quando a situação ficou insustentável, entrou na lista de espera para o transplante dos pulmões. A dificuldade de se conseguir doadores de tamanho compatível com sua mirrada caixa torácica tornou evidente que não viveria tempo suficiente para contar com a doação improvável.

Cogitada a possibilidade de transplante com doadores vivos, a alternativa foi saudada com alegria pela família, porque agora dependia só dela a reparação do sofrimento injusto.

A avaliação dos doadores naturais, pai e mãe, só trouxe desassossego: ele, incompatível do ponto de vista sanguíneo, e ela uma asmática inviável. Começaram então a busca ansiosa por alternativas. A primeira oferta satisfazia plenamente: uma irmã mais velha tinha todas as condições e o desejo evidente de salvar o caçula, um garoto lindo de sorriso tímido que se tornara, por doçura, o polo aglutinador do amor familiar.

A informação de que havia um primo determinado a doar completava o quadro de alívio da equipe médica, já engajada no esforço euforizante de salvar o Arturzinho. Foi quando da reunião para se programar o procedimento que se soube que o tal primo era, na realidade, filho de uma irmã da avó, e o parentesco de quinto grau o colocava além do limite legalmente aceito para o transplante intervivos, que se restringe ao terceiro grau.

Nesta condição, é indispensável autorização judicial, uma blindagem legal que previne qualquer possibilidade de uma doação com pretextos ilícitos.

Encaminhados os documentos, causou surpresa a rapidez com que foi obtido o acorde do juiz responsável. Soube-se então que, na entrevista com o magistrado, ocorrera o seguinte diálogo:

"Qual é a sua motivação para doar uma parte do seu pulmão a um primo distante?" "Acontece, senhor juiz, que eu não sou apenas um primo qualquer, de quinto grau. Eu sou o melhor amigo do pai do Artur e não suportaria a ideia de que ele perdesse o seu terceiro filho por esta doença maldita só porque eu me neguei a doar!"

Houve uma comoção do juiz, que prontamente autorizou o transplante.

Questionado sobre esta decisão altruísta, o Moisés me confessou: "Eu acho, doutor, que às vezes a gente tem que fazer algumas escolhas, e descobri que as decisões boas impõem mais coragem porque exigem desprendimento e podem ser mais difíceis do que as más. As atitudes egoístas são mais cômodas e espontâneas, e por isso mais simples. De qualquer modo, estou feliz com a minha decisão e pronto para doar!".

Saí do quarto daquele jovem corajoso e determinado com a convicção de que o mundo terá solução enquanto existirem pessoas grandes assim.

Mas foi inevitável o desconforto em reconhecer que o tal mundo solucionado pode demorar, por quão raro é este tipo de gente.

O DONO DA PALAVRA

A prefeitura de Vacaria fica numa esquina, de frente para a praça. Era uma noite quente de primavera, e fui levado por meu avô para a minha primeira experiência política. Empoleirado nos ombros dele, descobri que se chamava comício aquela sucessão de oradores falando de coisas que não entendia enquanto as pessoas comentavam distraídas.

De repente, um frisson tomou conta de todos quando se anunciou o discurso de um grande orador que encerraria o comício. Ele entrou na sacada da prefeitura, tirou o chapéu, acenou para todos que o aplaudiam e a seguir fez um silêncio estratégico, como a dizer que depois daquilo nenhum ruído seria permitido. Todos entenderam e todos se calaram. Quando ele começou a falar, os pernilongos emudeceram. Não lembro uma palavra do que disse, mas nunca vou me esquecer da irreprimível euforia e do encantamento que tomou conta de todos, e dos apertos de mão, e dos abraços afetuosos que foram trocados por alguns quase desconhecidos, envolvidos na comoção.

Quando fui colocado outra vez na calçada, percebi com espanto que meu avô chorava. Lembro que fiquei em pânico porque, naquela idade, eu ainda não sabia que se podia, sim, chorar por outra coisa que não fosse dor ou perda. Quando perguntei o que tinha acontecido, ele me respondeu, já meio rindo: "Foi pura emoção, meu filho. Vamos embora!". Devo a Paulo Brossard de Souza Pinto a ventura de ter descoberto, ainda criança, que não há maneira mais doce e generosa de se chorar.

Reencontramo-nos uns quarenta anos depois, quando tive o privilégio de cuidar dele e, com um pretexto médico passageiro, construir uma avenida de afeto que sempre me estimulou e distinguiu. O cérebro brilhante e intacto que o acompanhou durante seus 90 anos serviu de ensejo a uma troca infindável de afinidades que davam sempre a sensação de que nossas conversas poderiam se alongar indefinidamente.

Poucas pessoas me estimularam como ele quando comecei a escrever com regularidade em *Zero Hora*, a ponto de esperar com ansiedade seu telefonema de elogio carinhoso – e pouco me importava se exagerado – nas primeiras horas das manhãs de sábado.

Antecipando a sessão de lançamento do livro de crônicas, mandei-lhe um exemplar autografado como mínima retribuição pela espontaneidade da ajuda. A surpresa foi encontrá-lo sorridente na fila de autógrafos e, quando lhe perguntei se ele não tinha recebido o livro que eu enviara, respondeu: "Recebi e agradeço a gentileza, mas descobri que não tenho braços tão compridos. Se eu não saísse de casa, não teria como te abraçar, então cá estou!".

Muito se falará da figura camaleônica e plural que encantou tantas gerações, mas todos concluirão com constrangedora certeza que não há como substituí-la. E, depois de um tempo, a sensação de perda suplantará a saudade.

A SAUDADE QUE ENTERNECE

Ninguém encanta escrevendo sobre o que não sente. O David Coimbra sempre escreveu maravilhosamente, mas quando parecia impossível melhorar, descobrimos que sim.

Se nos dispusermos ao deleite de reler suas crônicas do último ano, perceberemos que as contemporâneas, políticas ou não, são ótimas, mas as melhores são aquelas que envolvem reminiscências nas quais predomina, como era inevitável, o efeito catártico da distância. Este é o benefício dos anos sabáticos na depuração dos sentimentos.

E tudo simplesmente porque a revisão amorosa das nossas experiências de vida é enriquecida pela saudade, esta poderosa usina recicladora dos afetos permanentes. É este o ingrediente milagroso que nos faz mais carentes, mas também enternece a nossa memória e traz os nossos sensores afetivos para a flor da pele.

Quando vivi nos Estados Unidos, senti a necessidade visceral de escrever para aquelas pessoas de quem, acabara de descobrir, gostava mais do que tinha tido o cuidado de anunciar – e aquilo de repente me parecera um imperdoável desleixo emocional. Se um paciente me lembrava algum amigo, canalizava a ele o afeto reprimido e cuidava dele como se cuida de um ente amado. E como carência afetiva é um mal cosmopolita, nunca me faltou um receptor disponível.

Foi assim que me aproximei do Mr. Collis, um velho plantador de milho de Minnesota que fora internado para tratar um tumor de pulmão aparentemente precoce. Pedi a um colega para assumir o caso dele e nunca expliquei a nenhum dos dois que eu precisava proteger a saudade que evocava aquela cabeça idêntica à do meu pai.

Compartilhei o entusiasmo com que lhe fora anunciada a perspectiva de cura e me condoí quando o meu chefe anunciou sem preâmbulos que, infelizmente, estava frustrado porque a doença estava disseminada e aquele nódulo pulmonar, de aparência inocente, era na realidade a ponta do iceberg de um câncer avançado.

Depois que o quarto esvaziou porque todos debandaram com aquela pressa de quem foge da impotência, ficamos sós e ele implorou que eu desse um jeito de protelar a sua morte até depois do Natal, porque senão a volta extemporânea do filho, envolvido num projeto milionário na Tailândia, arruinaria sua brilhante carreira de jovem engenheiro.

Ele sabia que eu não tinha como ajudá-lo. Eu também. Mas nos prometemos. E como dois seres apátridas ficamos um tempo de mãos dadas, cada um administrando a sua saudade. Este sentimento imenso e único, que sempre aponta pra casa. Não importa a distância.

SAIR DE CASA: PRA QUÊ?

Se começar a vida é sair de casa, podemos dizer que a juventude deste começo de século, definida como a geração canguru, tem cada vez menos pressa. O que foi premência da geração anterior – ter um espaço só seu – passou a ser interrogado e, contraposto às perdas impostas por esta iniciativa desassombrada, resultou em: independência, a troco de quê?

Segundo dados do Instituto de Pesquisa Econômica Aplicada (Ipea), 61,7% da população brasileira entre 18 e 29 anos ainda mora com os pais. A motivação para a permanência é que eles aproveitem ao máximo as facilidades que o manto familiar lhes dá para que juntem dinheiro e possam investir mais na profissão, seja ela qual for. Sem contar que alguns se encaminham para a maturidade sem uma escolha definida, o que parece justificar a permanência sob os olhares vigilantes dos que foram treinados até para suportar a indefinição.

Só mais tarde é que os rebentos alçam voo para fora do ninho. E curiosamente este mais tarde está ficando cada vez mais tarde. Tanto mais que os extremados nunca saem, porque alguns pais desanimados de vê-los partir decidiram antes morrer, poupando-lhes até do incômodo de terem que mudar de CEP.

Com a redução gradual do número de filhos, o beliche virou peça de museu e o inconveniente de ter que competir por espaço com os queridos irmãos praticamente despareceu. Sendo assim, aquele pretenso "cantinho só meu" deixou de ser uma imposição da autoestima que projetava a afirmação pessoal para representar uma tolice de quem não tem noção do quanto vale uma roupa lavada com amaciante perfumado e uma comidinha com tempero da mamãe. Coisa de babacas!

O respeito com que se falava de quem tinha pegado seus trapos e saído pelo mundo passou a ser visto como birra de adolescente mimado, e qualquer referência ao gesto intempestivo destes ingratos era seguido do relato de vários exemplos desses tipos ingênuos que, depois de uma temporada de infortúnios, voltaram para o recanto do lar com o rabo entre as pernas e um punhado de carnês atrasados na mão.

Todos os que voltam são unânimes em reconhecer que pagar luz, água e condomínio é insuportável, sem falar numa exigência execrável que eles desconheciam até então chamada pagar imposto. As rodinhas que debatem o destino desses aventureiros fraudados sempre terminam com um risinho que mal disfarça uma mensagem implícita: bem feito!

Por outro lado, aquela legião de adultos jovens que abandonava o ninho para se casar descobriu com a permissividade dos tempos modernos que ninguém vai se escandalizar se o príncipe trouxer a cinderela para fazer companhia para a mamãe, sempre tão só, coitadinha. Claro que ninguém está interessado em perguntar o quanto a pretensa solidão desagrada a sogrinha.

E esta nova condição não é uma exclusividade brasileira: os jovens europeus entre os 18 e os 29 anos estão com dificuldade crescente de saírem da casa dos pais. Segundo um estudo divulgado pelo Eurofound (European Foundation for the Improvement of Living and Working Conditions), há cada vez mais jovens sem capacidade de garantir sua autossustentação econômica.

Entre 2007 e 2011, o número de jovens adultos vivendo na casa dos pais entre os 28 Estados-membros da União Europeia (UE) aumentou de 44% para 48%.

À interminável crise econômica mundial que limita o acesso dos jovens ao primeiro emprego em todo o mundo se soma a perda gradual da segurança nas nossas cidades.

Fácil perceber nas entrevistas com os pais a ambivalência que os consome: de um lado, o desejo de ver os filhos voarem com suas próprias asas. De outro, a certeza de que ninguém será capaz de protegê-los com tanto amor.

No fundo todos os pais sabem que nós criamos os filhos para o mundo, mas este não precisava ter se tornado um lugar tão arriscado!

Então, filho, vá se divertir – mas, pelo amor de Deus, não ponha o celular no silencioso.

EM BUSCA DE UM MODELO

A idealização de um modelo profissional a ser copiado, que começa com o pai ou a mãe e se amplia na adolescência, de fato só termina com a maturidade, quando não queremos mais copiar ninguém e frequentemente estamos cansados de ser como somos e, realizados ou não, batemos à porta da velhice, ali naquela margem imprevisível entre o ócio festejado da aposentadoria e a realidade indesejada da morte.

O tempo da escolha profissional é provavelmente o instante em que o "querer ser como..." é mais pungente e se anuncia no olho atento do estudante, à cata dos sinais que devem, no imaginário dele, apontar o caminho.

Se todos os professores pensassem nisso enquanto estão à frente daquele bando de jovens ruidosos e aparentemente desinteressados, a construção do futuro dessa juventude começaria em bases mais confiáveis. O produto final entregue ao mercado seria mais competitivo, e a tarefa do magistério pareceria ainda mais gratificante.

Durante a faculdade, é fácil perceber o fascínio que determinados professores, mais do que outros, exercem sobre os alunos – que passam a imitá-los em gestos e comportamentos, a revelar o tamanho da responsabilidade de quem maneja mentes maleáveis e corações inseguros.

Cada semestre que terminava só fazia aumentar a ansiedade da Fabíola, que ainda não decidira que especialidade faria no futuro e, no fim do terceiro ano, não avançara além de identificar umas três ou quatro daquelas que "essas, nem morta".

Uma tarde, percorrendo a ala da enfermaria de medicina interna no hospital universitário, ela deparou com uma cena impressionante: seu Alcino, um velhinho enfisematoso grave, extremamente emagrecido e desorientado, avançava trôpego pelo corredor quando simplesmente se estatelou no chão. Um professor, que vinha no sentido oposto, acelerou o passo, colocou a pilha de livros que carregava e o estetoscópio junto ao rodapé, ajoelhou-se, pediu calma ao seu Alcino – que gemia de dor –, tomou-o no colo e partiu com sua carga preciosa rumo à enfermaria.

Recolocado no leito e reinstalado o oxigênio, o velhinho só sossegou depois de uma dose de analgésico, que eliminou as dores da queda. Quando finalmente ressonou, o professor ainda continuava lá, sentado na cama, alisando-lhe os cabelos brancos.

Aos circundantes, a cena não parecia ter impressionado tanto, mas para Fabíola fora definitiva. Depois que todos se afastaram, ela entrou no posto de enfermagem e perguntou: "Quem é esse doutor?". "Que doutor?" "Esse que carregou o paciente no colo." "Ah, esse é o Dr. Dagoberto!" "O que ele faz?" "Ele é professor de pneumologia."

Pronto: estava tudo resolvido. Uma especialidade em que um médico fazia o que ela acabara de ver, e com aquela naturalidade, só tinha uma explicação: devia ser uma maravilha!

E ela nunca mais teve dúvidas: iria tentar ser como o Dr. Dagoberto.

DOIS AMIGOS

A julgar pelo comportamento amistoso e solidário das crianças, o racismo é uma doença adquirida. A observação dos pirralhos, agrupados por doenças debilitantes, revela que as diferenças de cor da pele provocam, no máximo, alguma curiosidade dos pequenos no início da relação, sendo logo depois absorvida com naturalidade.

Saindo da ala de pediatria e mergulhando no mundo dos adultos, eclodem as diferenças e os preconceitos, a demonstrar que nascemos bons e puros, mas, quando decidimos piorar, não paramos mais.

Do Wellinton, a família aparentemente desistira: raramente aparecia alguém para saber como estava, e as noticias ruins serviam apenas para afugentar um tio pouco interessado. A resposta inicial à quimioterapia fora modesta, perdera peso e exibia uma careca lustrosa e preta que contrastava com dentes muito brancos num sorriso escasseado pela angústia de não entender o porquê de tudo errado aos oito anos de idade.

Compartilhava o quarto com o Renato, um alemãozinho de nove anos com olhos muito azuis, o mesmo tipo de leucemia, e que, mais de uma vez, fora visto chorando desesperado quando mechas de cabelo loiro se embrenhavam na fronha ao amanhecer. A responsável pela internação fora uma tia que assumira a guarda do menino quando a mãe foi internada por overdose de crack. Como ela trabalhava fora e tinha filhos para cuidar, também raramente aparecia.

Assim, os dois unidos por doença e abandono descobriram-se amigos. Não tendo quem os cuidasse, cuidavam-se. Dividiam também a escassez de brinquedos, com exceção do Xisto, um cachorro de pelúcia com uma cara estranha porque perdera um dos botões escuros que representavam os olhos. Do caolho horroroso, o Renato não abria mão.

Nos intervalos da quimioterapia, quando os vômitos cessavam, era possível vê-los na sala de recreação, mas, em geral, ficavam no quarto e conversavam muito – e, às vezes, riam. Nunca se soube do quê.

Numa fase de queda máxima da imunidade, depois de uma dose alta do tratamento, o Renato começou a ter febre e calafrios e foi levado às pressas para a terapia intensiva. O Xisto ficou para trás, ao lado do travesseiro. Passaram-se os dias e o Wellinton, sempre abraçado ao cãozinho, era visto pelos corredores como um zumbi.

Todos temiam que ele perguntasse pelo Renato, mas ele parecia ter intuído que era melhor não.

Com a sua doença finalmente em remissão, o tio foi comunicado e começaram os preparativos para a alta. Um mutirão de enfermeiras e médicos renovou o guarda-roupa do Wellinton, que agora tinha um sorriso triste de dentes lindos, e partiu rodeado de primos que brincavam com a sua careca enquanto ele exibia a mochila nova e colorida, que não fechava completamente porque do compartimento superior emergia a cara disforme do Xisto.

Um cãozinho feio, mas com mais sorte de afeto do que muita criança pobre.

ESSES NOSSOS MEDOS

Na antiguidade, a doença era interpretada de muitas maneiras, e se podia adoecer por vários caminhos: castigo por uma transgressão moral, feitiço encomendado por algum inimigo, invasão corporal por algum objeto misterioso e mágico, possessão por um espírito maligno ou perda da alma por ação do demônio. A ampla variedade de trilhas da doença explicava a diversidade de terapeutas e justificava a participação do mago, do xamã, do curandeiro e do pajé. Aproveitando a brecha do desespero de quem adoece, como era de se esperar, incorporou-se o charlatão – porque terreno mais propício não poderia haver.

O espetacular avanço do conhecimento médico identificou os inimigos pontuais, as bactérias, os vírus, os fungos, os protozoários, entendeu o dano que eles poderiam causar às células e descobriu como enfrentá-los e destruí-los com os antibióticos. Com a biologia celular, avançou-se no entendimento do mecanismo de crescimento e disseminação dos tumores. Quando se aprendeu que o metabolismo das células tumorais podia ser alterado por drogas, muitos cânceres passaram a ser curados com quimioterapia.

A conquista da medicina molecular e a descoberta do genoma e seus desdobramentos permitirão, no futuro próximo, a tão sonhada longevidade qualificada. Com todos estes mistérios desvendados, ainda restará uma perplexidade: por que adoecemos? Antes que alguém retome uma teoria religiosa com a busca de culpas e penas, minha invocação particular: e as crianças precisavam adoecer?

Fiquei um tempão explicando ao Adriano, um garotinho de dez anos, que teríamos um caminho pela frente para derrotarmos aquele tumor que provocava dor no peito dele. Contei que o tratamento teria duas etapas: a quimioterapia, para que o tumor diminuísse, e depois a cirurgia para eliminá-lo.

Havia tanto medo naquele olhar que quase não resisti a pegá-lo no colo, mas isso não combinaria com a pose de homenzinho, de braços cruzados, sacudindo a cabeça depois de cada informação nova. Terminada a sessão de notícias, abri o questionário: "Alguma coisa que queira perguntar, meu garoto?". "Eu vou morrer?" "Claro que não!" "Mas o meu tio disse que aquele cantor, o Leandro, tinha este tipo de tumor, que você tratou dele e ele morreu!" (Socorro! Claro que não comentei que ter um tumor já era desgraça suficiente e ele não merecia um tio desses!)

Expliquei que a situação era diferente, que os adultos respondem mal à quimioterapia neste tipo de tumor, mas que nós iríamos conseguir.

O lábio tremia quando confessou: "Tô com uma vontade de chorar!". "E por que não choras?" "Meu pai disse que chorar é coisa de mulher" "Mas que bobagem! Eu choro quase toda semana." "E nunca te chamaram de mulherzinha?" "Não. Ninguém se arriscaria!"

E então nos abraçamos. Mais do que motivação, agora ele tinha companhia.

OS QUE NÃO CONSEGUEM MORRER

Morrer, literalmente, é de um primarismo e de uma pobreza que contrasta com a engenhosidade e a exuberância dos sonhos concebidos naquela fase da vida em que fantasiamos ser o que provavelmente nunca seremos.

Superada esta etapa de projetos irrealizáveis e promessas falaciosas, os modelos da vida real começam a ser esboçados com diferentes perspectivas. E todos, de uma maneira mais ou menos elaborada, tentam sublimar a rudeza da morte e seguir vivendo apesar da ameaça.

Excluída a legião tristemente majoritária, dos que gastam a vida tendo como único alvo a sobrevivência – e desses não se pode exigir mais do que tristeza e resignação –, emergem dois grupos de pessoas mais equipadas do ponto de vista intelectual e econômico, ou seja, aqueles que têm condições de realmente planejar o que querem ser. Evidentemente, se vão conseguir ou não dependerá de uma série imensa de fatores aleatórios, como inteligência, iniciativa, perspicácia, ambição, oportunismo, coragem e, naturalmente, uma pitada de sorte. Esses ingredientes que dão à vida o delicioso colorido do imponderável.

Mas não é dessas dificuldades e vicissitudes que quero me ocupar. Pretendo antes rever as motivações que tornam tão diferentes os indivíduos que, partindo do mesmo ponto de largada e com os mesmos equipamentos, escolhem caminhos tão diversos na busca da realização e da felicidade pessoal.

Há os egocêntricos, que crescem enclausurados na autossuficiência, constroem grandes fortunas, esmagam os concorrentes, esbanjam vaidades discutíveis, casam-se com mulheres bonitas e fúteis, montam sofisticadas academias em casa e ainda assim engordam muito e morrem antes da velhice, promovendo velórios silenciosos rodeados de amigos falsos e parentes interesseiros. Alguns poucos, já na terceira idade, tentam consertar a trajetória porque se sentem esmagados pela solidão e resolvem buscar alguma forma de absolvição para o estigma do egoísmo, criando fundações e até fazendo obras sociais que talvez justifiquem o nome em placa de rua em algum subúrbio que nunca frequentaram. Muitos, mesmo na homenagem, não conseguem dissimular a falta que faz a espontaneidade. A avareza é uma tatuagem com tinta colorida: dolorosamente irreversível. Para este grupo, a morte é a única terapia eficaz, compreensivelmente acelerada pelo esquecimento.

No contraponto estão as criaturas especiais, que nasceram para outro tipo de façanha: a de contribuir para modificar a vida dos circundantes. Alguns desses até ganham dinheiro, não porque o perseguiram, mas como prêmio por sua competência. Para estes tipos não há espaço para vaidades, nem tolerância com as mediocridades laureadas. São modestos e austeros, detestam exibicionismo e estão sempre inconformados por terem feito menos do que conceberam realizável. Não se queixam de fracassos eventuais e até usam deles para se fortalecerem ainda mais e esticar a corda do possível. São estoicos na doença e comovem seus pares pela bravura e pela resiliência. Quando chega a morte física, parece que não. Há tanto para relembrar e tantos projetos energizados pela contagiante gana de viver que eles serão perpetuados, pelo menos até que morra o último felizardo agraciado pela ternura do convívio.

Saí da encomendação do Silvio Antonio Zanini com a leveza de quem tinha assistido à doce passagem de um desses tipos imortais. E, depois que chorei, senti vontade de melhorar.

IMPRESSÃO:

Pallotti
GRÁFICA EDITORA
IMAGEM DE QUALIDADE

Santa Maria - RS - Fone/Fax: (55) 3220.4500
www.pallotti.com.br